裁判官　三《み》淵《ぶち》嘉《よし》子《こ》の生涯

伊多波 碧

潮文庫

目次

装画　田尻真弓
装幀　重原　隆

三淵嘉子 家系図

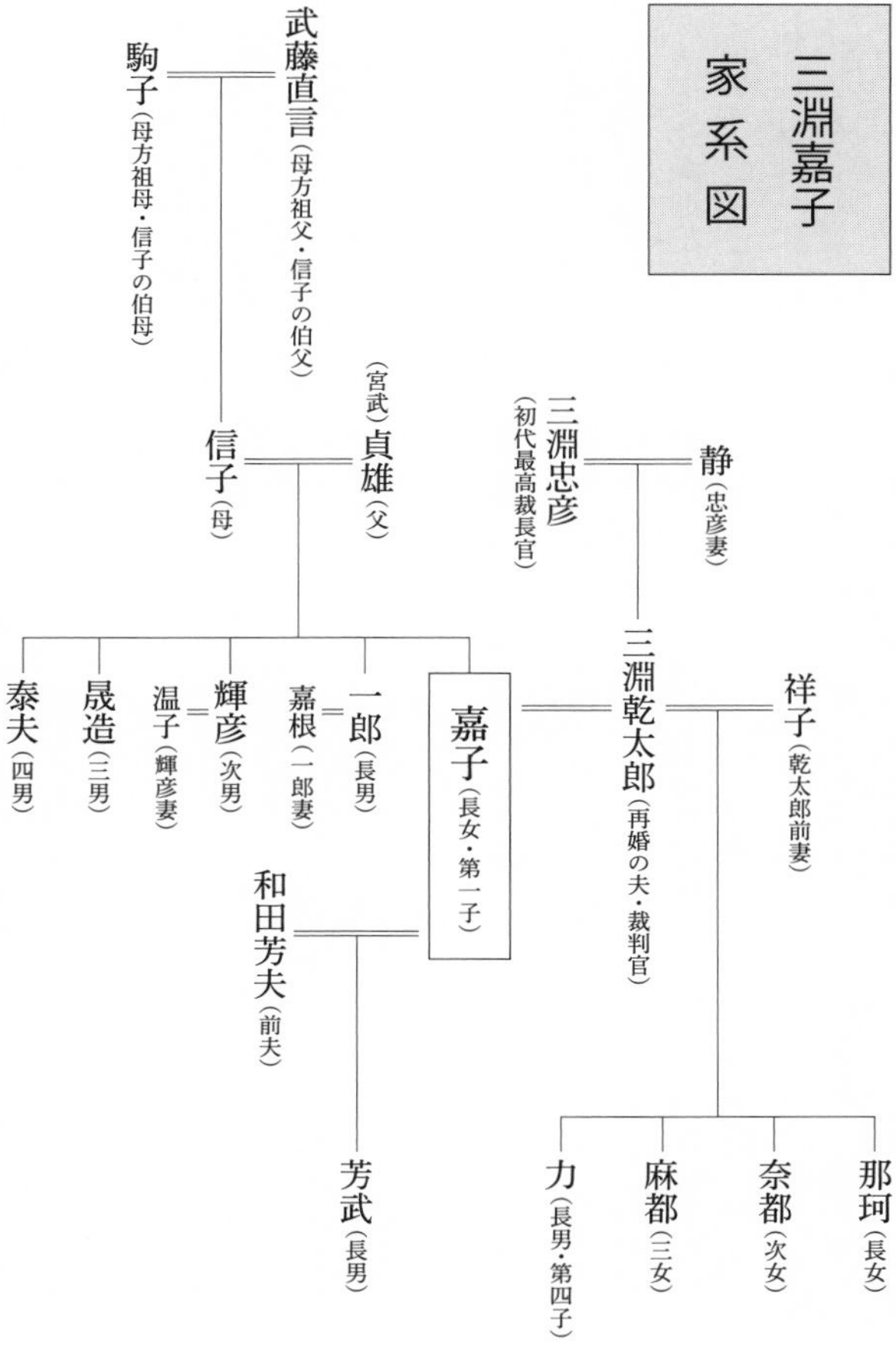
武藤直言（母方祖父・信子の伯父）
駒子（母方祖母・信子の伯母）
（宮武）貞雄（父）
信子（母）
三淵忠彦（初代最高裁長官）
静（忠彦妻）
祥子（乾太郎前妻）
三淵乾太郎（再婚の夫・裁判官）
嘉子（長女・第一子）
一郎（長男）
嘉根（一郎妻）
輝彦（次男）
温子（輝彦妻）
晟造（三男）
泰夫（四男）
和田芳夫（前夫）
芳武（長男）
那珂（長女）
奈都（次女）
麻都（三女）
力（長男・第四子）

第一章　武藤家の食卓

1

武藤嘉子《むとうよしこ》は大正三（一九一四）年十一月に新嘉坡（シンガポール）で生まれた。その日はからりと晴れて暑かったという。産室の窓からは底抜《そこぬ》けに青い空と、堂々とした入道雲が見えたらしい。

常夏《とこなつ》の国は、町のいたるところに蘭《らん》が咲《さ》いている。年中夏で蒸《む》し暑《あつ》く、四季がないから、花が途絶《とだ》えることがない。次から次へ蕾《つぼみ》がほころび、町のそこかしこで鮮《あざ》やかな紅色の花があっけらかんと咲きほこり、湿《しめ》った熱風は甘《あま》い香りを帯びているのだとか。

暑いお国柄《くにがら》、味が濃《こ》くて油っぽい食べものが多く、母の信子《のぶこ》も初めは閉口したそうだ。しかし、それもいっときのこと、気候に体が慣れてくると、土地のものがおいしく感じられるようになる。ことに鶏肉《とりにく》と玉葱《たまねぎ》を出し汁《だじる》で炊《た》いた鶏飯《けいはん》はいたく気に入り、夫婦《ふうふ》で屋台へ通いつめたという。

ときおり無性《むしょう》に食べたくてたまらなくなって、日本でも作ってみるのだが、気候が違《ちが》うせいか、あの味を再現することができなくて残念だと、母の信子は今でも懐《なつ》かしむ。シンガポールの鶏飯は本当においしかった。嘉子たちにも食べさせてやりたい、と。いつもは厳しいけど、鶏飯の話をしているときの母は何だかちょっぴり可愛《かわい》い。

六人姉妹《しまい》の末っ子で、早くに実父を亡《な》くし、伯父《おじ》夫婦のもとへ引き取られ、気を使いながら育った信子にとって、夫の貞雄《さだお》と共に故郷を離《はな》れ、二人きりで過ごした新婚《しんこん》時代はよほど楽しい日々だったらしい。それゆえ鶏飯の味は格別なのだ。

嘉子が生まれた日のことを、貞雄は日記に書いている。

『産声《うぶごえ》が太くて立派。行く末が楽しみ。めでたし』

よほど嬉《うれ》しかったのか、字の横には鉛筆《えんぴつ》で鯛《たい》の絵まで添《そ》えてある。

初子だけに難産で、出産には一昼夜かかったが、嘉子は生まれ落ちた途端《とたん》、待ちかねたように元気な産声を上げた。と、これは信子に聞いた話。

「嘉」は「良いこと」「めでたいこと」をあらわす縁起《えんぎ》のいい字だ。

新嘉坡で生まれたから嘉子。どうか娘《むすめ》の人生が良いことやめでたいことに恵《めぐ》まれるようにと、両親の祈《いの》りがこもっている。

それから十七年が経《た》った。武藤家は東京に居を構えている。

台湾銀行《たいわんぎんこう》へ勤める貞雄の赴任地《ふにんち》がシンガポールからニューヨークへ異動となり、大正五（一九一六）年に弟の一郎《いちろう》が生まれたのを機に、信子は息子《むすこ》と娘を連れて日本へ帰国した。いったん香川県の伯父夫婦のもとへ身を寄せたものの、大正九（一九二〇）年に貞雄が東京支店へ異動になり、帰国が叶《かな》ったのを機にふたたび香川の家を出て、今は麻布笄町《あざぶこうがい》に借りた敷地《しきち》百五十坪《つぼ》の武家屋敷《やしき》で一家七人仲良く暮らしている。

昭和六（一九三一）年十月。

嘉子は家族揃《そろ》って朝食の膳《ぜん》についていた。

上座に貞雄、その隣《となり》に信子。下座には、誕生日が来ると満十七になる嘉子を筆頭に、四人の弟――上から順に一郎、輝彦《てるひこ》、晟造《せいぞう》、泰夫《やすお》が並ぶ。さらにここへ書生が加わることも多く、茶の間として使っている座敷《ざしき》はいつも賑《にぎ》やかだ。

窓からは清々《すがすが》しい日射《ひざ》しが差《さ》し込《こ》み、座敷には炊き立てのご飯とおみおつけのにおいが満ちている。

女の幸せは温かな家庭に宿る。

明治二十五年（一八九二）の生まれで、良妻賢母《りょうさいけんぼ》こそ女の目指す道と信じている信子は、毎朝女中と同じ時刻に起床《きしょう》し、家族全員の食事をととのえる。貞雄も子どもたちに合わせて七時に起きてくる。

大島に葡萄柄《ぶどうがら》の刺繍《ししゅう》の入った帯を締《し》めた信子は、女中の先頭に立ち、甲斐甲斐《かいがい》しく世話を焼いている。嫁入《よめい》り前、香川の伯父宅にいた頃《ころ》からの習慣だそうだ。

伯父は借家をいくつも有している金持ちだが、伯母《おば》の性格はきつかった。養女となった後、信子は辛《つら》い娘時代《むすめじだい》を過ごしたらしい。そのため、信子は自分の作った家族に対する思い入れが強い。

武藤家では食事のたびに大きな釜《かま》で十合の飯を炊く。膳にのるのはご飯におみおつけ、漬《つ》け物《もの》に干物《ひもの》といった純和風の食事で、季節の果物が添えられている。今朝は梨だ。

いつも騒《さわ》がしい弟たちが、今朝は揃っておとなしい。一様にうつむきがちで、もそもそと居心地悪《いごこちわる》そうに食べている。心なしか「お代わり」の声も小さく、茶碗《ちゃわん》を差し出す手も遠慮《えんりょ》がちだ。

弟たちが神妙《しんみょう》にしているのは、信子がすこぶる不機嫌《ふきげん》だからだ。見るからにピリピリとして、全身から棘《とげ》を出している。香川の祖母――信子の伯母の駒子《こまこ》は確かにきつい性格だが、実は信子とちょっと似ている。特に怒《おこ》り方が。眉間《みけん》にくっきり縦皺《たてじわ》を寄せ、無言で圧を放つところなどそっくりだ。弟たちは触《さわ》らぬ神に祟《たた》りなしとばかりに、そそくさと食事を終えると我先に部屋から逃《に》げていった。巻《ま》き添《ぞ》えを食うのは真っ平というわけだ。

「ママ、お代わり」

嘉子はいつも通りに茶碗を差し出した。

信子は応えない。素知らぬ顔でご飯を食べている。なるほど。親の言いつけに従わない娘の世話はしたくないわけだ。ならば、と自分でお代わりをよそおうと、腰《こし》を上げかけたら、信子がすごい目で睨《にら》んできた。

「駄目《だめ》ですからね」

「お代わりしたら駄目なの？」

「ご飯の話じゃないわよ。わかってるくせに、とぼけるのは止《よ》しなさい」

もちろん、わかっている。とぼけているのではなく、話し合う気がないだけだ。もう嘉子の決意は固まっている。

「すぐに入学手続きを取り消していただきなさい。法律の勉強なんて絶対に許しませんからね。お嫁《よめ》にいけなくなりますよ」

「ごちそうさま」

嘉子はお代わりを諦《あきら》めて箸《はし》を置き、両手を合わせた。いい加減慣れてきたが、朝から説教されるとげんなりする。

「待ちなさい、嘉子。話は終わっておりません」

「帰ったら聞きます。今日は日直で、早く登校しないといけないの」

革鞄《かわかばん》を手に立ち上がり、そそくさと部屋を出ていこうとしたところへ、ぴしりと鋭《するど》い声が飛ぶ。

「嘘《うそ》おっしゃい。そうやって逃げるつもりね」

ばれたか。

敷居際《しきい》でふみとどまり、しぶしぶ膳の前に戻《もど》る。

信子がこめかみに青筋を立てている隣で、貞雄は何食わぬ顔で食後の梨をはんでいる。

どうにかしてよ、パパ。

目顔で助けを求めると、貞雄は四角い顎《あご》を引いた。後は任せなさいというふうに、丸眼鏡《めがね》の弦《つる》をちょっと持ち上げてみせる。

「おい、知ってるか？」

貞雄はのんびりと信子に話しかけた。

「後にしてください。嘉子と話しているんですから」

「今度浅草にできる松屋には、屋上に遊園地ができるんだってな。観覧車やゴンドラもあるというから、ずいぶん本格的じゃないか」

「知ってますよ」

一家の大黒柱の貞雄をそう無下にもできず、信子はうるさそうな顔をしつつ返事をした。明治十九（一八八六）年生まれの六つ年上で、伯父夫婦の武藤姓《せい》を継《つ》ぐために婿養子《むこようし》へ来てくれた貞雄のことは、いくら怒っているときでも無下にはできないのだ。

「遊園地の他に動物園もあるんですってね。晟造や泰夫は行きたがっていますよ」

「連れていってやるといい。しかし、初日はすごい人出になるだろうな」

「そうですとも。行くなら、うんと早起きして出かけないと。——これ、嘉子！」

信子の目が離れた隙《すき》を縫《ぬ》い、嘉子は部屋を飛び出した。

「じゃあ、行ってまいります」

「女が法律なんて、絶対に許しませんからね！」

尖《とが》った声が背を追いかけてきたが、振《ふ》り向《む》かなかった。のんびりお小言を聞いている暇《ひま》はない。急がないと女学校に遅刻《ちこく》する。玄関《げんかん》で靴《くつ》を履《は》いていると、慌《あわ》てて女中が小走りに来て、弁当を渡《わた》された。

数寄屋《すきや》門を出て裏手に走り、市電へ滑《すべ》り込《こ》む。混み合う車内で吊革《つりかわ》を持ち、嘉子はふう、と息をついた。間に合って良かった。後はゴットンガッタンと揺《ゆ》られ、信濃町《しなのまち》で省線に乗《の》り換《か》えてお茶の水まで行けばいい。

市電の停留所が目と鼻の先のところにあるせいで、今日に限らず、いつも家を出るのはギリギリの駆《か》け込《こ》みセーフ。今頃《いまごろ》家では夫婦喧嘩《げんか》になっているかもしれないけど、知らない。信子のことは貞雄に任せた。何しろ、明治大学専門部女子部へ入ることを勧《すす》めてきたのは貞雄なのだから。

先月下旬《げじゅん》、信子が法事で数日間丸亀《まるがめ》へ帰省したときのことだ。ちょうど四人の弟たちも、書生たちもみな出払《ではら》っており、めずらしく家には嘉子と貞雄の二人きりだった。

部屋で本を読んでいたら、書斎《しょさい》に呼ばれた。めったに足を踏《ふ》み入《い》れることのない十畳《じょう》間で、貞雄はシンガポール式の、練乳と砂糖たっぷりのコーヒーを飲んでおり、嘉子にはココアとビスケットが用意してあった。

武藤家では物心ついた頃より〈パパ、ママ〉で、おやつにも外国のお菓子《かし》が出てくる。丸亀の祖父母には不興だけれど、お茶の水の同級生にもそういうお宅はめずらしくないみたいだ。

忙《いそが》しい貞雄と差し向かいで話をする機会は多くない。弟や書生が家を空けているときを狙《ねら》って呼ばれたからには、何か訊《き》きたいことがあるのだと思っていたら、果たして将来の計画を問われた。

「女学校を出たらどうする」

嘉子は翌春に卒業を控《ひか》えている。

同級生の中には、既《すで》に縁談《えんだん》の決まった者もいる。嘉子の通っている東京女子高等師《し》範学校附属高等女学校《はんがっこうふぞく》、通称《つうしょう》お茶の水高女は良家の子女が集まる学校として名高く、嘉子自身も卒業後は花嫁修業《はなよめしゅぎょう》をするものと思っていた。

しかし、こうして問うからには、貞雄には別の腹案があるわけだ。

「勉強を続けたらどうだ。成績優秀《ゆうしゅう》な嘉子が女学校で止めてしまうのはもったいない」

願ってもない申し出に驚《おどろ》いていると、

「それとも、お茶やお花の稽古《けいこ》をしたいかね」

違うだろうに、という顔で言う。父親だけによくわかっている。

「いいの？」

「ああ。その気があるなら、上の学校へ進みなさい」

「それって、ママが反対するような学校でしょう」

「勘《かん》が良いな」

やっぱり。そうだと思った。そうでなければ、信子が家を空けている隙を狙って、そんな話を持ちかけてくるわけがない。

「ママが反対するのが心配かね」

試《ため》すように、貞雄が顔を覗《のぞ》き込《こ》む。

「だったら止《よ》すか？　別にいいぞ。パパは構わん。嘉子の人生だ、好きにすればいい。女学校を出たらせいぜいお稽古に励《はげ》み、可愛いお嫁さんになりなさい」

「意地悪ねえ」

口を尖らせると、貞雄はにっと笑った。

頬《ほお》が盛り上がり、丸眼鏡の縁《ふち》にくっつく。銀行では大勢の部下を従えているけれど、家ではちっとも偉《えら》ぶらない家庭人だ。

「それで？　どこへ入れとおっしゃるの」

「何を学びたいかによる。嘉子、お前は将来どんな仕事につきたいんだ。ああ、お嫁さん、というのはなしだぞ」

釘《くぎ》を刺《さ》され、はたと考《かんが》える。

仕事。考えたことがなかった。勉強は好きだが、それは学生の間のこと。悔《くや》しいことに、貞雄の言う通り、お嫁さんになるとしか考えていなかった。

「考えたことなかったか」

悔しいが、その通りだ。勉強は好きだが、女は学校を出たら家庭に入るのが当たり前。自分も信子のようにお嫁さんになって、家庭を守るとばかり思っていた。

「そうか。しかし、嘉子はお嫁さんに向かないだろう」

嘉子はむっとした。

「どういう意味？　これでも付《つ》け文《ぶみ》をされたことくらいあるのよ」

といっても女学校の後輩《こうはい》からだけど。他者から思いを寄せられたことに変わりはないはず。お嫁さんに向かないなんて、いくら父親でも失礼ではないか。

娘の不興を買ったらしいと気づいた貞雄が、

「早合点《はやがてん》するな」

と苦笑いした。

「嫁にいけないと言っているんじゃない。嘉子なら、どんな男もよりどりみどりだ。まあ、パパとしてはあんまり早く嫁《とつ》いでほしくはないがね。おっと、こんなことを言うと、ママが角を生やして怒るか」

貞雄は頭を掻《か》きつつ、「話が逸《そ》れたな」とつぶやく。

「お嫁にはいくわよ、そのうち」

「いくのか」

自分で言ったくせに、貞雄は悄気《しょげ》た声を出した。

「やあね、まだ縁談の話も来ないうちから。今はお仕事の話でしょう」

「そうだったな。進学するなら、将来どんな仕事をするか考えて、専攻《せんこう》を選びなさいと言いたかったんだ」

「そういうこと。行き遅《おく》れを案じているわけではないと、よくわかりました」

「さよう、さよう」

二度言うと、ごまかしているみたいに聞こえるが、まあいい。

「つまりパパは、結婚《けっこん》しても仕事を続けろとおっしゃりたいのね」

「理解が早いな」

貞雄は丸眼鏡の奥《おく》の目を引《ひ》き締《し》めた。

「パパはね、女もきちんと自立したほうがいいと思う。みんなと同じように家庭に入って、普通《ふつう》のお嫁さんにならなくてもいいんだ。さっきも言ったが、そんな生き方は嘉子には向かない。すぐに飽《あ》きて退屈《たいくつ》するのが目に見えておる」

女学校の古居《ふるい》先生が聞いたら、血相を変えそうな話だ。

若い頃から勤め先の台湾銀行で海外赴任していた貞雄は、明治十九年生まれの男にしてはめずらしく、極《きわ》めて民主的な考えを持っている。シンガポールの次に赴任したニューヨークには、男と肩《かた》を並べて働く女が大勢いたそうで、嘉子も幼い頃から男女は同等だと教えられてきた。

「仕事を持ち、結婚しても続けなさい。専門職がいい。誰《だれ》かの補佐をするのではなく、自分の足で立ち、責任を引き受ける仕事につくんだ。政治や経済のわかる大人になって、男と肩を並べて働くのは面白《おもしろ》いぞ」

世間には、女学生の娘にこんなことを言う父親はいない。有《あ》り体《てい》にいえば常識から外れている。

「仕事に男も女もない、でしょ？」

これが貞雄の口癖《くちぐせ》だ。物心ついた頃から繰《く》り返《かえ》し聞いているから、頭に染《し》みついている。

「当たり前だ」

「でも、実際には男女平等ではないでしょう。仕事以前に教育もそうだわ。女が入れる大学自体、ほとんどないのはどういうこと？」

「それは法律がおかしいんだ。将来どんな仕事につきたいか、そのために必要な知識を得るのが高等教育の目的であって、もとより男女差を設けるのが間違《まちが》っている。将来、すなわち、どう生きるかだろう。生きるのに男も女もない。誰しもが一個の人間なんだ」

次第《しだい》に貞雄の語調が熱を帯びてきた。

「高い教育を受けて仕事を持ちなさい。己《おのれ》の目で社会を見て、自分の頭で物事を判断できるようになるには、高等教育を受けるのが最短の道だ。嘉子の嘆《なげ》き通り、今はまだ女を受け入れている大学は稀《まれ》だが。まあ、いずれ増えるにしても、指をくわえて待っているのはつまらん」

「そうでしょうけど」

ついロが尖る。

実際、男女同等なのは小学校まで。女は中学校に進めず、女学校に入るしかない。いくら成績が良くても、女の嘉子が入れるのは専門学校だけ。国がそういう考えなのは事実だ。

貞雄は真顔になった。

「不平を唱えても変わらない。で、どうする。進学するか？　それとも、どうせ女だからと拗《す》ねて家庭に入って、亭主《ていしゅ》の三歩後ろをついていくか？　想像がつかないがね。どちらかといえば、嘉子は三歩後ろをついていくどころか、さっさと亭主を追い越《こ》して前を歩きたがる性分《しょうぶん》だろう。――おい、そんな顔をするな。褒《ほ》めているんだから。ともかく、嘉子は普通のお嫁さんになるな」

ますます古居先生には聞かせられない。

良家の子女が集まるお茶の水高女では、女はいずれ家庭の主婦におさまるものとされている。名門の女学校だけに生徒はみな優秀だが、進学を希望する者は少数派だ。早ければ在校中に縁談がまとまり、順々に結婚していく。

「高等学校で専門的な知識を身につければ、ものを考えるときの基礎《きそ》ができる。そうすれば畑違《はたけちが》いの話を見聞きしたときにも、自分の持っている知識を使って嚙《か》みくだき、理解できるようになる。学校のお勉強をしているうちはピンと来ないかもしれんが」

「そんなことないわ。パパのおっしゃる意味はわかります」

「ほう、わかるか」

「もちろん」

長女として、物心ついたときより貞雄の薫陶《くんとう》を受けてきた。小学校から常に優等生で通してきた嘉子は、勉強で知識が身につく喜びも、学ぶ意義も承知しているつもりだ。女学生だからと、甘《あま》く見《み》られては癪《しゃく》に障《さわ》る。

「つまり、自分の言葉を持てということでしょう。自分で考えて、おかしいと思ったときは、きちんと声を上げなさいということだわ。――たとえパパがおっしゃることでも」

「その通りだ。よくわかっているじゃないか」

「パパの教育がよろしいものですから」

「で、嘉子は何になりたい」

いくら貞雄が男と女は同等だと言おうと、世間に仕事を持つ女は稀だ。

せいぜい師範学校を出て教師になるか、医者になるか。

現実的な話として、女がつける専門職といえばそれくらいだ。

弟たちの勉強を見てきたから、たぶん教師には向いている。数学が得意だから、医者にもなれそうだ。

でも——、とやはり思ってしまう。

実社会では、女が専門職の資格を持つのは、親や夫に万一のことがあったときのための備えであり、積極的に外へ出て自立するための手段ではない。そこが貞雄のいたニューヨークとは異なる。

「パパ、さっそくだけど抗議《こうぎ》します」

「何だね」

「どうして女は弁護士になれないの？」

「嘉子は弁護士になりたいのか」

「ええ、そうよ。法律を武器に喧嘩《けんか》ができるなんて面白そうだもの」

貞雄が苦笑いする。

「あら、違った？」

「間違いではないな。喧嘩という言い方にはいささか語弊《ごへい》があるが。——それで？抗議の内容を聞こうじゃないか」

「常々パパは仕事に男も女もないとおっしゃるけれど、法律で女は弁護士になれないと決まっているでしょう。そんな矛盾《むじゅん》がまかり通っているのはおかしいわ」

もっと言うなら、さっきの「男と肩を並べて働く」もそうだ。男と女が同等なら、わざわざそんな言い回しをすることもない。それこそ社会が女を男の下に置いている証左だろう。

「ふむ」

貞雄は立ち上がり、窓際《まどぎわ》に据《す》えた机に向かった。新聞を手に戻ってくる。

「読んでみなさい」

今日の新聞ではない。

こんな古い日付のものをどうして取っておいたのだろうと、訝《いぶか》しく思いながらざっと目を通し、嘉子は息を呑《の》んだ。

法改正の記事だった。次の国会で弁護士法が改正される見通しだと書いてある。

それまで弁護士になれるのは成年の男子のみと法で定められていた。弁護士法第二条第一項《こう》に「弁護士たらんと欲《ほっ》する者は……日本臣民にして民法上の能力を有する成年以上の男子たること」と規定されているからだ。法改正により、この条項《じょうこう》から「男子」が削除《さくじょ》され、「帝国臣民にして成年者たること」になる。

新聞から目を上げ、貞雄を見た。

「どういうことか、わかるな?」

「ええ――」

我知らず頬が熱くなる。

己の無知を恥《は》じる気持ちと、興奮が半々——いや、興奮のほうがずっと大きい。成年男子と規定した条項が削除、つまり性別を問われなくなるわけだ。成年に達していればよし。そういうことだ。

「わたしも弁護士になれるのね」

「試験に受かればな」

「受かるわよ」

むっとして言い返す。

自慢《じまん》のようだが、嘉子は試験が得意だ。お茶の水高女へ入るときも二十倍の倍率を突破《とっぱ》し、入った後も優秀な成績を取っている。男に生まれていたなら、貞雄の出た東《とう》京帝国《きょうていこく》大《だい》学《がく》を目指していたはずだ。

「そうだな」

貞雄はうなずき、

「お前の頭がいいのはパパだって百も承知だ。しかし、そう簡単ではない。脅《おど》かすわけじゃないが、司法科試験は難関だ。帝大法学部の連中でも半分は落ちる。女学校の勉強とは比べものにならん」

法学部卒の貞雄だけに説得力がある。

が、それで怯《ひる》む嘉子ではない。

「上等だわ。受けて立ちます」

壁《かべ》は高いほうがいい。むしろ低い壁は容易に越《こ》せてしまうからつまらない。難関と聞き、却《かえ》って闘志《とうし》が燃えてきた。

「よし。それでこそパパの娘だ」

貞雄は満足そうに目尻《めじり》へ皺を寄せた。しめしめ、と言いたげな表情だ。ひょっとすると、嘉子の闘志を掻《か》き立《た》てるために、わざと脅しをかけたのかもしれない。

あらためて新聞の日付を見る。貞雄は嘉子に読ませるつもりで、手許《てもと》に取っておいたのだろう。あるいは、嘉子が自分で法改正の記事を見つけ、質問をしてくるのを待っていたのか。

「新聞を読みなさい」

「——はい」

「弁護士法に改正の動きがあることは、しばらく前から新聞で取り上げられていた。目を通していれば、恥ずかしい思いをしなかったはずだ」

耳が痛い。後者だった。貞雄は、嘉子が法改正に自ら気づくことを期待していたのだ。

こんなに堂々と記事が出ているのに、見当違《けんとうちが》いな怒《いか》りをぶつけたことが情けない。

「明日から、いえ今日から、わたしも新聞を読みます」

「そうしなさい。新聞を読めば、社会の動きがつかめる。三面には目を覆《おお》いたくなるようなひどい事件も載《の》っているが、それもまた社会だ。生きていれば避《さ》けて通れん。まして弁護士になりたいなら尚更《なおさら》だ」

貞雄の言う通りだ。

弁護士になれば傷害事件や殺人事件を扱《あつか》うことになる。警察の捜査《そうさ》記録や現場写真を目にすることも多いだろうから、今のうちに新聞で免疫《めんえき》をつけておいたほうがいい。

ああ、悔しい。これまで知らずに諦めていたことが。女は弁護士になれないと思《おも》い込《こ》んでいた。法律で決まっているなら仕方ないと、受け入れていた。そういう諦めのいい自分が情けない。それでは自分の頭でものを考えているとは言えない。

「ねえ、パパ。世の中って変わるのね」

「世の中は日々動いているからな」

「良い時代に生まれたのね、わたし」

少し前だったら、どんなに頑張《がんば》っても女は弁護士にはなれなかった。声を上げた人のおかげだ。誰かが女のために頑張り、世の中が法改正に動いた。

「ああ。何であれ変わっていく。良いことも悪いことも、全部な。弁護士法の改正も変化の一つだ。きっとこれから、女が社会へ出ていく門がどんどん開いていく。だから、嘉子――」

貞雄はぐっと首を前に出した。

「社会が矛盾を許しても、簡単に諦めないことだ」

さっきの問いの答えだ。女が弁護士になれないのはおかしい、と嘉子が不服を唱えたことに対して、貞雄が己の考えを述べている。

「やりたいことがあるなら門を叩《たた》きなさい。人より達者なその口で大いに文句をつけるといい。喧嘩になれば嘉子は強いからな。いずれ道は開けるはずだ。――何だ、その顔は」

「いいえ、別に」

「さっきの繰り返しだが、褒めているつもりなんだ。いくら成績が良くても家庭向きの娘だったら、進学しろとは言わんよ。そうか、嘉子は弁護士になるのか。良い仕事を見つけたな」

自《おの》ずと卒業後の進路が決まった。

高等試験令による司法科試験を受けるには、高等学校または文部省の指定する専門学校に入らねばならない。それらの学校に入り、在学中もしくは卒業生となって試験を受けるよう、改正弁護士法で定められている。

まずは、法律を学べる高等学校か専門学校に入る必要がある。

といっても、日本で女子に門戸を開いている大学はわずかだ。

国立では九州帝国大学《きゅうしゅうていこくだいがく》と東北帝国大学《とうほくていこくだいがく》、私立では同志社《どうししゃ》が特定の女子専門学校の卒業生に限り、入学を認めているのみである。東京には、女子の入学を認めている国立大学はない。

唯一《ゆいいつ》女が入れるのは、私立の明治大学だけ。

昭和四（一九二九）年、明治大学に女子部ができた。

弁護士法が改正されることを察した大学が、女子が司法科試験を受けられるよう、法律専門学校を作ったのだ。女子部を卒業すれば、明治大学法学部への入学を認められる。それでようやく司法科試験を受けるための資格が手に入る。法学部で法律を学び、在学中あるいは卒業生の資格を得て、司法科試験に臨《のぞ》み、合格すれば弁護士になれる。

長い道のりだ。貞雄が脅すくらいだから、試験も相当に難しいのだろう。それでもなお、胸が躍《おど》る。

早くも、まぶたの裏に書類の詰《つ》まった風呂敷《ふろしき》を抱《かか》え、颯爽《さっそう》と裁判所へ入っていく己の姿が見えるようだ。

女中がコーヒーのお代わりを運んできた。話している間に冷めてしまったからと、貞雄が命じたのだ。

「お前も飲んでみるか」

その日、嘉子は初めてコーヒーを飲んだ。眠《ねむ》れなくなるから駄目、と禁じられていた大人の飲み物である。

「うまいか？」

「ええ、とっても」

興奮しているせいか、味はあまりよくわからなかった。とにかく舌が火傷《やけど》しそうに熱かったのを憶《おぼ》えている。

手回しのいい貞雄は、明治大学女子部の入学手続きの書類も用意していた。信子が法事で家を留守にしている間に、話を決めてしまうつもりだったのだろう。

何のことはない。貞雄は端《はな》から嘉子を弁護士にする気だったのだ。

その話し合いをするために弟たちを出かけさせ、馴染《なじ》みの書生たちにも出入りを遠慮してほしいと申し伝えていたと、後から聞いた。さすがニューヨーク帰りの銀行マンは目下の者を動かすのが上手《うま》い。

嘉子は貞雄に乗せられ、女学校で成績証明など必要なものをととのえると、翌週にも明治大学女子部の入学手続きを済ませてしまった。

それが先月のこと。

法事を済ませて丸亀から戻ってきた信子は、古居先生からの注進で、嘉子が明治大学女子部へ入ると知り、絶句した。

以来、ひと月に亘《わた》って反対し続けている。それが信子の不機嫌の理由だ。

もう入学手続きは済んでいるというのに、取り消しなさいとしつこい。

法律を勉強するような娘は怖《こわ》がられて、嫁の貰《もら》い手《て》がなくなる。お茶の水高女を卒業した切符《きっぷ》があれば、どんな家にも胸を張って嫁げるのにもったいない、と。

そうだろうか。

嘉子にしてみれば、法改正の機運に乗らないほうがもったいないことだと思う。縁談の数が減っても、どうということはない。いざとなったら、結婚相手も自分で見つければいいのだから。

信子の言い分には承服できない。家庭の主婦だから、世の中が見えないのだ。法律が変わることも信子は知らない。要するに頭が古いのだ。社会へ出て働いている貞雄とは違う。

そんなふうに反発心を抱え、鼻息荒《あら》く登校したのだが、意外にも女学校の友だちは信子と同じ反応を示した。

2

女学校の校庭にはなだらかに広がる丘《おか》がある。春から秋にかけてクローバーが青々と生《お》い茂《しげ》る気持ちの良い場所で、休み時間ともなると、海老茶《えびちゃ》の袴《はかま》姿の専科生やセーラー服の女学生たちが集まってくる。

昼休み、いつものように嘉子は仲良しの同級生と連れ立ち、センチが丘でお弁当を広げた。入学以来、晴れた日にはここでお弁当を広げるのがお決まりになっている。ハンカチを敷《し》き、襞《ひだ》がつぶれないようスカートを広げて座《すわ》り、話の花を咲かせる。

そこで嘉子が、卒業後は明治大学女子部へ進むと打ち明けたらびっくりされた。驚かれるとは思っていたけど予想以上だ。みな一様に声も出ないようで、お弁当箱の蓋《ふた》を開けたら、中に小石が詰まっていたみたいな顔をしている。

「——そんなところへ入ってどうするの？」

そんなところ、と来た。

「女子部に法科と商科ができるの。わたしは法科で法律を勉強するわ」

嘉子が答えると、呆然《ぼうぜん》として次の句が継げずにいる。

これが世間なのかと、あらためて目が開く思いだった。

「何のために？」

「女子部の法科を出ると、明治大学の法科へ入れるのよ」

「法科？　男の人と一緒《いっしょ》に大学生になるということ？」

「ええ。そこでも勉強して高等文官の司法科試験を受けるわ」

「司法科試験？」

「そうよ。わたし、弁護士になるの」

なりたい、ではなく、なると敢《あ》えて言った。

貞雄によると、司法科試験は国内でも最難関だという。生半《なまなか》な努力では受かるまい。挑戦《ちょうせん》するにはそれなりの覚悟《かくご》でいなければ。

「まあ、すごい——」

「驚いたわ。本当なの？　ご両親は何とおっしゃっているの？」

話し声を聞きつけ、同級生たちが集まってきた。面白い話でもしているのかと下級生まで寄ってきて、嘉子を中心に人だかりができる。もう入学手続きも済ませてあるのだと言うと、「えーっ」と嬌声《きょうせい》がわき起こる。

面映《おもは》ゆい気持ちでいると、

「無理よ」

人だかりに割《わ》り込《こ》んできた者が、したり顔で横槍《よこやり》を入れてきた。

「だって、弁護士になれるのは男だけだもの」

同級生の美智恵《みちえ》だ。嘉子と成績で競《きそ》っている秀才《しゅうさい》だが、性格には少々難がある。嘉子が話題の中心になっているのが気に入らず、難癖《なんくせ》をつけようというのだろう。面倒《めんどう》な人が来た、と同級生たちの顔が曇《くも》る。

嘉子は落ち着いて事実を述べた。

「法律が変わって、女も司法科試験を受けられるようになるの。明治が女子部に法律の専門学校を作ったのも、その法改正の動きを受けてのことらしいわ」

「嘘よ。そんな話、聞いたことがない」

「嘘じゃないわよ。これまで成年男子に限ると定めていた条項が削除されると決まったの。新聞にも書かれていることだから、調べてみるといいわ」

「家に帰って父に訊いてみる」

「ぜひそうしてちょうだい」

「いいわ、そうする。どうせ何かの勘違《かんちが》いでしょうけど」

まだ信じていない顔で言う。

美智恵は何かにつけ、嘉子に張り合ってくる。女学校に入るまでいつも一番だったらしく、入学試験で嘉子に負けたのが悔しいのか、ずっと根に持っているのだ。嘉子が女にはめずらしく数学が得意なのも気に入らないようで、どうにか勝ちたいと帝大生の家庭教師をつけてもらっているという。

一方的に闘志を燃やすのは勝手だが、いちいち疑われるのは心外だ。

「お父さまに訊くのもいいけど、自分で新聞を読んだらどう？　よかったら、明日学校へ持ってきてもいいわよ。わたしも父に言われて初めて知った口だから、偉そうなことは言えないけど」

「いいえ結構」

「そう？」

「新聞なんて読まないもの」

美智恵はつんと顎を上げた。

「前から思ってたけど、武藤さん、変わってるわね。うちでは母に止められているわよ。若い娘が読むものじゃないって」

「あら、どうして？」

「新聞は男の読むものでしょう。婦女子の教育上、よろしくないことがたくさん書いてあるのよ。そんなこともわからないの？」

「たとえば？　具体的に例を挙げてちょうだい」

「さあ。さっきも言ったでしょう。新聞なんて読まないわ。俗世間《ぞくせけん》に毒されたくないから」

「わたしは毒されていると言うのね」

「その通りよ。だから法律を勉強するなんて、妙《みょう》なことを思いつくんだわ。お茶の水高女を出て明治の女子部へ進むなんて――、わたしには考えられない」

勝《か》ち誇《ほこ》ったような顔をして薄笑《うすわら》いする。

「明治大学は立派な大学よ。法律を勉強したいから、女に門戸を開いているところへ入るの。わたしは新聞を読んでも毒されるなんて思わないけど、あなたがそう思うのは自由よ。だけど、一言いいかしら」

「何よ」

「俗世間というのは、わたしたちの生きているところのことでしょう。だったら、あなたも毒されているんじゃない？」

「わたしは違うわ」

「どう違うの。若い娘に新聞を読ませたくないのは、知恵《ちえ》をつけさせたくないからでしょう。世間を知らないまま、おとなしく言いつけに従ってくれる娘のほうが扱いやすいものね。そういうことを考える親も、それを受け入れる娘も、俗世間にどっぷり浸《つ》かっていると思うわ」

すぐには返す言葉が見つからないのか、美智恵が悔しげに唇《くちびる》を結んだ。次に何を言うかと思えば、

「まあ、いいわ。あなたは頭が固いから、ひとの忠告に耳を貸せないのよ」

とんちんかんな憎《にく》まれ口《ぐち》を叩く。

それはこちらの台詞《せりふ》――と言いたいところだけど黙《だま》っておく。

真っ赤になって力んでいる美智恵に追い打ちをかけることはない。泣かれても面倒だし、話に割り込んできたから返事しているだけで、喧嘩相手としては物足りない。

美智恵の長兄《ちょうけい》は弁護士をしている。裁判所のすぐ近くに大きな事務所を構えている、立派な先生なのだとか。

たぶん美智恵は、嘉子が自慢の兄と同じ職につこうとしているのが腹立たしいのだ。法改正のことは新聞にも載っていると言われ、恥《はじ》を掻かされたと臍《ほぞ》を噛んでもいるはず。それでむきになって弁護士になりたいなど僭越《せんえつ》だ、思い上がりもいいところだと、嘉子の鼻をへし折ろうとしているのだろう。

「変よ、女のくせに弁護士なんて。馬鹿みたい、なれるわけがないのに」

美智恵は嘉子の顔を指差し、甲高《かんだか》い声でわめいた。

「止しなさいよ。人を指差すなんて失礼だわ」

さすがに同級生の一人が窘《たしな》めたが、美智恵は返事をしなかった。ふん、と鼻を鳴らして腰を上げ、去っていく。

「何あれ」

「放っておきなさいよ、いつものヒステリーよ」

同級生たちはひとしきり陰口《かげぐち》を叩いたが、そのうち誰かが話題を変えた。せっかくのお昼休みに美智恵の噂《うわさ》をするのもつまらない。

嘉子は話の輪の中心にいつつ、ちょっと寂《さび》しかった。

明治大学女子部で法律を学び、弁護士になると打ち明けたときの、みんなの固まった顔が頭から離れない。遠慮があるから美智恵のようにズケズケと反対しないだけで、嘉子の進路に賛成しかねているのは一目でわかる。要するに、みんな信子と同意見で、女の身で法律の道へ進むことに呆《あき》れているわけだ。

仲の良い友だちに、自分の気持ちを理解してもらえないのは寂しい。

どうする？　と、自分の胸に問うてみる。

今ならば止められる。信子や古居先生が反対なさっていることだし。

でも、それは無理。

弁護士になる夢を諦めることなんてできない。だって面白いに決まっている。直感でピンときた。美智恵は足を引っ張りたいのだ。嘉子が張りきっているのが癪で、邪《じゃ》魔《ま》をしてやりたいだけ。

変で結構。

嘉子は胸のうちで言い返し、箸を取った。

「ああ、おいしい」

一瞬《いっしゅん》の憂鬱《ゆううつ》が晴れると、お弁当が俄然《がぜん》おいしく感じられる。

午後は体操の授業がある。しっかり食べて力をつけておかなくては。

このところ、体操の授業では創作ダンスをしている。二学期の終わりに、クラスで授業の成果を披露《ひろう》することになっているのだ。

その振《ふ》り付《つ》けを嘉子がする。熱心な宝塚《たからづか》ファンで踊《おど》りが得意だからと、クラスのみんなに担《かつ》ぎ上《あ》げられた。三学期は短いから、これが卒業前の最後の思い出になるだろう。制服を着るのもあとわずかだ。

風が吹《ふ》くと、土とクローバーの匂《にお》いがした。セーラー服の衿《えり》がふわりと持ち上がり、短い上着の裾《すそ》から、ひんやりとした風が入ってくる。

寒い寒いと文句を言いつつ、誰も校舎で食べようとはしない。

センチが丘は日当たりがよく、秋が深まってきた今も人気だ。何より古びた校舎を離れ、のびのびと過ごせるのがいい。少しばかり大きな笑い声を立てても、ここなら咎《とが》められることもなかった。

昼休みが終わる間際《まぎわ》、同級生の一人が内緒話《ないしょばなし》を持ち出した。

「知ってる？　美智恵、縁組《えんぐ》みが決まったらしいわ」

わあっと華《はな》やかな声が上がる。

「お相手は？」

「お兄さまの学友で、製糖会社の跡取《あとと》りですって」

年が明けたら結納《ゆいのう》を交《か》わし、美智恵の女学校卒業を待ってお式を挙げるのだという。

お茶の水高女にはそういう者が多かった。在学中に縁組みがまとまり、卒業したらすぐにお嫁にいく。

釣《つ》り合《あ》いの取れた相手のもとへ嫁ぎ、子を産む。周囲に祝福される順当な道だ。信子が嘉子に望む将来像でもある。美智恵がクラスで一番乗りにその道を行く。

「玉《たま》の輿《こし》ね」

「羨《うらや》ましい。わたしも後に続かなくちゃ」

小春日和《こはるびより》の透《す》きとおった日射しを浴びながら、嘉子は眩《まぶ》しい思いで同級生たちを眺《なが》めた。いつかこのときを懐かしく振《ふ》り返《かえ》る日が来るに違いない。ふと、そんなことを思った。

年が明けたら、三月の卒業まであっという間だ。あと数カ月残っているとはいえ、確実にその日は近づいている。

お茶の水高女で過ごした日々は平和で楽しかった。校舎がおんぼろなのには閉口させられたけど、ともに学んだ仲間とは気が合い、心置きなく何でも話せた。

卒業すれば、みな別の道へ行く。多くの同級生は進学せず、見合いをして嫁いでいくのだろう。

弁護士を目指す嘉子より、玉の輿に乗る美智恵に憧《あこが》れる。

それが多くの娘たちの望む将来なのだ。むろん嘉子もいつかは結婚したいと思っている。信子と貞雄のように家庭を築き、自分の子を持ちたい。それと弁護士になりたい気持ちが胸のうちに同居している。

「変よ」と放言した、美智恵の甲高い声が耳の奥に蘇《よみがえ》る。

女のくせに弁護士なんて。

馬鹿みたい、なれるわけがないのに。

美智恵は意地悪な娘だ。そう言えば、嘉子が怯むと思ったのだろう。あるいは傷つけようとしたのか。いずれにせよ無駄《むだ》なことだ。美智恵が放った棘など痛くなかった。そのことが自分で誇《ほこ》らしい。

しかし、家に帰ると信子が待ちかまえていた。

嘉子が戻るのを今や遅《おそ》しと首を長くしていたらしい。貞雄も取りなしてくれたのだろうが、やはり女が法律を勉強するなんてとんでもない、との考えは変わらないようだ。

でも、もう決めたのだ。

「入学手続きは取り消しません」

信子が口を開く前に宣言した。

「せっかくお茶の水高女に入ったのに。法学部になど行って、お嫁にいけなくなったらどうするの」

「そうなるとは決まってないでしょう」

「決まってますよ。明治大学女子部なんて――。できたばかりで、ちっとも名が通っていない学校じゃないの。そんなところに入って、法律を勉強したい娘なんて、どこの誰がもらってくれるの」

「結構よ。無理してもらってくれる人のお嫁さんになっても、どうせうまくいかないわよ。出戻《でもど》りより、行き遅れのほうがましでしょ？」

「どっちも駄目ですよ！」

信子の頭には、嘉子をお嫁に出すことしかないみたいだ。

「とにかく法律なんて止しなさい。脅しじゃないのよ。あなたは頭がいいんだから、社会のことはよく知っているでしょう。今はお国が大変なの」

「満州鉄道の線路が爆破された事件のこと？」

「ええ、そうですよ。そんな一大事に、女が勉強したいなんて、世間にどう言われるか」

こんなふうに信子がむきになるのは、国が、というより軍が、女を家庭に入らせたがっているからだ。戦争のため、早く結婚して、兵隊となる子を産ませたいのだ。

「何と言われたっていいわ。国が縁談を世話してくれるわけでもなし」

「よく聞きなさい。あなたはまだ若いから、世間の目がどんなものか知らないのよ。脅しで言っているんじゃないの。どこを見渡《みわた》したって、法律を勉強している娘なんていませんよ」

「これまでは、大学が女に門戸を開いていなかったからでしょう」

「法律なんて女には必要ないからですよ」

「必要だから、門戸が開いたの」

「もう。そうやって減らず口ばかり叩いて」

信子が大きなため息をついた。

「どれだけ言ったらわかるの。法律を勉強する女なんて、男の人は嫌《きら》うんです」

「パパは違うみたいよ」

「夫と父親は違うの。嘉子、いい加減にしなさい。行き遅れになったらどうするの。まさか一郎に養ってもらうつもりじゃないでしょうね。――ちょっと、笑っている場合じゃありませんよ」

「ごめんなさい。冗談《じょうだん》かと思って」

「冗談なものですか！　もらってくれる人がいなければ、当然そうなるでしょう。まったくもう。ひとが説教しているのに、にこにこして。呑気《のんき》に笑窪《えくぼ》を浮《う》かべている場合じゃありませんよ」

「これは生まれつき」

小首を傾《かし》げ、ひとさし指で頬に浮かぶ笑窪を突《つ》いてみせたら、信子の癇癪《かんしゃく》が爆発《ばくはつ》した。

「お黙りっ！」

叫《さけ》んだ後、着物の袂《たもと》を目に当て、肩を震《ふる》わせる。

女学校の同級生や古居先生の反応を見れば、嘉子の進路が型破りなのはわかる。が、それは法改正が決まったばかりの今の感覚であって、実際に女の弁護士が出てくる頃には、世間の感覚も違っているだろう。前例がないからめずらしがられるだけで、実際にそういう人が増えてくれれば風当たりも弱まるはずだ。

美智恵はともかく、信子にはわかってもらいたい。

嘉子は少し考え、昔聞かせてもらった話をした。

「ママだって、駒子伯母さんに無理を言って、丸亀の女学校へ行かせてもらったんでしょう。女に学は無用だと反対されたのに、頭まで下げて」

信子は意表を突かれた顔になった。

幼いうちに実父に死なれ、伯父夫婦の養女として育った信子は、貞雄と結婚するまで苦労が絶えなかった。

　伯父夫婦は金持ちで、立派な屋敷に住んでいたというが、伯母の駒子は頭が古く、養女の信子を女中のように扱った。どうにか女学校へ入れてもらったものの、朝早くから働かされ、勉強をするのは大変だったらしい。

「だからって法律なんて――。男の真似《まね》をしなくても」

「男の真似じゃありません」

「学校の先生かお医者さんじゃ駄目なの？」

「弁護士がいいの。司法科試験を受けたい」

「どうしてなの。わかるように話してみなさい」

「すごく難関だから」

　嘉子の答えを聞いて、信子が呆《あき》れ顔《がお》になった。

「帝大法学部を出た方でも半数は落ちると、パパに聞きました。それだけ大変な試験なら、わたしも挑戦してみたい。国内有数の秀才たちと競って試験を突破したいの。日本で最初の女弁護士になりたい」

「そんな理由なの？」

　信子が啞然《あぜん》とした顔になった。

「負《ま》けず嫌《ぎら》いだこと」

「ママ譲《ゆず》りです」

「……まあ、そうね」

結婚前の話を持ち出され、信子は娘時代に思いを馳《は》せたらしい。考えこむような顔をして、嘉子を見た。

丸亀高等女学校に通っていた頃は、国語より数学のほうが得意だったという。嘉子も同じだ。勉強するのが楽しくて、本が好きなところもよく似ている。ついでに言えば、口喧嘩《くちげんか》に強いところもそうだ。貞雄が当主だが、家の中では信子が実権を握《にぎ》っている。普段《ふだん》はおとなしく亭主に従っているものの、いざ夫婦喧嘩になると黙っていない。郷里の言葉で早口に貞雄を言い負かしている姿を子どもの頃から見てきた。

そういう信子に育てられたおかげで、口喧嘩が強いのかもしれない。——なんて言ったら、ますます怒られそうだけど。

とはいえ、挑戦したい気持ちは真剣《しんけん》だ。

「法律が変わって女が弁護士になれるようになるのも、世の中がそれを求めているからでしょう。じきに女弁護士が当たり前に活躍《かつやく》する時代が来るわ。ここで挑《いど》めば、わたしが先頭を切って走れるかもしれない」

涙《なみだ》を浮かべている信子に向かい、嘉子は弁舌《べんぜつ》を振《ふ》るった。

「弱音なんて吐《は》きません。大学の勉強をしながら、花嫁修業もきちんとやります。それならいいでしょう？」

信子は赤い目をして嘉子の顔を見ている。

やはり反対なのか、眉間に皺が寄っている。大きめな口をキュッと閉じ、両手をぐっと握りしめている。

どうにか認めてもらいたくて頭を下げ、しばらく待った。

もし駄目と言われても諦めまい。粘《ねば》り強《づよ》く思いを伝えようと考えていると、

「……婚期《こんき》が遅れますよ。それは覚悟なさいね」

呆れたようなつぶやきが聞こえた。

顔を上げると、信子が泣き笑いをしている。

「明治へ行っていいの？」

「止めても聞かないくせに」

「そうだけど――」

「なら好きにしなさい。嘉子が本気なら、ママも応援《おうえん》するから」

今度は嘉子の目に涙が浮かぶ番だった。

もう――、と信子がつぶやく。

「どうして泣くの。応援すると言っているでしょう。その代わり、途中《とちゅう》で投げ出したら許しませんからね」

「承知しています」

「いいお返事」

もう信子の涙は止まっていた。すっかりいつもの顔に戻っている。

「それから、女弁護士という言い方は止しなさい」

どういうことか、すぐにはわからなかった。

「男の真似じゃないんでしょう。だったら、ただの『弁護士』ですよ。『女』の冠《かんむり》はいりません」

言われて腑《ふ》に落ちた。確かにその通りだ。

「さ、着替《きが》えたら、お茶の間へ来なさい。いただき物の柿《かき》があるのよ。おやつにしましょう」

もとより教育熱心な母である。かつて自身も伯母に許しを乞《こ》うて、香川の田舎町《いなかまち》から女学校へ進んだ人だ。娘が本気で勉強したいと望むなら、しっかり背を押《お》してくれる。この日を境に、信子は嘉子の味方についた。

3

次の日の夕飯は赤飯だった。尾頭付《おかしらつ》きの鯛に、蛤《はまぐり》のお吸い物まで膳にのった。

「お祝いですか」

書生の一人の和田芳夫《わだよしお》が敷居際に立ち、目をしばたたいた。

「嘉子の合格祝いなのよ」

「さようですか。それはおめでとうございます」

芳夫は律儀《りちぎ》に直立し、帽子《ぼうし》を脱《ぬ》いで祝いを述べた。

「和田さんもお相伴《しょうばん》してちょうだい」

「お祝いなら、ご家族水入らずのほうがよろしいのではないですか」

「何をおっしゃるの。お祝いだから大勢のほうがいいのよ。ほら、水村《みずむら》さんも膳についているでしょう」

武藤家には女中のほか、書生が何人か居候《いそうろう》していた。貞雄と信子の郷里香川県から出てきた若者たちである。

水村辰彦《たつひこ》は貞雄と同じく、帝大法学部へ通う学生である。二十一で中々に精悍《せいかん》な顔つきをしている。上京してきて半年余りだが、勉強だけでなく相撲《すもう》も得意で、弟たちのいい兄貴分になっている。

一方の和田芳夫は物静かな人だ。中肉中背で目鼻立ちもおとなしく、四角張った黒《くろ》縁《ぶち》眼鏡が唯一の特徴《とくちょう》といった顔をしている。

昼間は貞雄の口利《くちき》きで台湾銀行の関連の会社で働いており、夜は明治大学の夜間部へ通っているから、家ではあまり顔を合わせない。今日はたまたま休講で大学へ行かないから、夕食をとる時間が重なったらしい。

「ありがたくご馳走《ちそう》になって、ともに祝意を示しましょう」

辰彦が快活な声で言い、敷居際に立つ芳夫を手招きした。

「水村さんのおっしゃる通りですよ。みんなで嘉子を応援してやってくださいな」

そう信子が言葉を重ねると、ようやく芳夫は顎を引いた。

「じゃあ――」

と、控えめにつぶやき、背を丸めてお茶の間へ入ってくる。

芳夫は貞雄の親友の甥《おい》だ。その縁で上京して二年になるが、新入りの辰彦のほうがよほど武藤家に馴染んでいる。今も弟たちに囲まれ、賑やかにしている。芳夫はひっそり下座につき、膳の用意をする女中にも頭を下げた。

相変わらずおとなしい人だ。いるのか、いないのだかわからない。

「春からわたしも明治に進むんですよ」

嘉子が話しかけても、相槌《あいづち》が返ってこない。黒縁眼鏡の弦を指で押《お》し上《あ》げ、真顔で押《お》し黙《だま》っている。

「えっ、明治？」

代わりに辰彦が反応した。

「合格祝いって、花嫁学校のことじゃないんですか？　明治って、明治大学のことでしょう。あれですか。最近できたっていう女子の専門学校。そこで何の学問をやるんです」

「法律よ」

そこで口を閉じ、試すように辰彦を見た。

さて、どんな反応を示すことか。

今日も女学校で美智恵とやり合ってきた。

父親から法改正の話が本当だと聞いてもなお、——いや、それが悔しかったのか、ねちねちと進路に難癖をつけてきた。

得意になっていられるのは今のうち。法科に進めば婚期が遅れる。いい歳《とし》になってから焦《あせ》っても、どうせろくな縁組みはない。残り物には福があると言うが見合い相手は別で、残る者にはやはり難があるのだ。嘉子みたいに。

キンキンと甲高い声でまくしたてられ、しばらくは辛抱《しんぼう》していたものの、さすがに黙っていられなくなって言い返したら泣かれた。

おかげで古居先生に叱《しか》られた。進学のことでめっきり覚えが悪くなったせいか、一方的に嘉子が悪いことにされた。美智恵の言いつけを鵜呑《うの》みにして、こちらの言い分に耳も貸そうともしてくれず、嘉子だけ居残りさせて説教するのだから嫌《いや》になる。

大学へ進学するような娘は生意気だ。辰彦の顔や声音《こわね》にそういう気配を感じたら、嚙みついてやろう。そのつもりで身構えていると、

「へえ！　法律！　そいつはすごい」

果たして予想外の反応が返ってきた。

「そうか、女子部にできた法律の専門学校に行くんですね」

「ええ。ご存じなの？」

「もちろん。学生の間でも噂になっていますから。ひょっとして、女子部の次は明治の法科へ進むんですか」

「そのつもりですけど」

「ほほう。すると司法科試験を受けるわけですな。弁護士法が改正になって、女が受けられるようになりますから」

「反対なさいますか？」

「いやあ、まさか。その逆ですよ。わたしは大いに賛成です」

嘉子は思わず信子を見た。驚いている。そうだろう、嘉子もてっきり反対されると思っていたのだ。

「だって考えてみてください。世の中の半分は女なんですよ。弁護士を頼《たの》みたいのは男ばかりではなし、女の弁護士もいたほうがいいに決まっている」

意外だった。

辰彦は嘉子の進路に賛成らしい。

「いいことですよ。嘉子さんなら、まず間違いなく合格する。日本初の女性弁護士が武藤家から誕生するわけだ」

「水村さん、気が早いわよ。これから入学するんですから。あまり嘉子をおだてないでちょうだい」

「嬉しいんですよ。法律家を目指す者として、勇ましい後輩が出てくることが頼もしいんです。いやあ、嘉子さんがねえ。大したもんだ」

辰彦は手放しで感心している。

もっとも、武藤家の書生だから、当主の娘を悪く言うはずがない。褒め言葉は半分に差し引いて受けとったほうがいいが、それでも面映ゆい。

「いやね、前から法改正の動きは知っていたのですが、そうはいっても、中々挑戦する女の人はいないだろうと思っていたんですよ。何しろ、弁護士の仕事は易しくありませんからね。殺人犯やごろつきの相手をするんですから、並の男でもそう簡単には務まらない。そんな仕事に挑戦しようというのだから勇敢《ゆうかん》です。そんなお嬢《じょう》さんがこんな身近にいらしたとは。なあ？　和田さんも驚いたでしょう」

「いえ――」

「なんだ、煮《に》え切《き》らないな。もっと驚いてくださいよ。すごいことですよ、これは」

殺人犯と聞いて、嘉子はふたたび身構えた。

物騒《ぶっそう》なことを耳にした信子がどう思うか心配になったのだが、

「苦労の多いお仕事だと思いますよ。でも、うちの嘉子なら大丈夫《だいじょうぶ》」

どうやら杞憂《きゆう》だった。信子はちっとも動じていない。

「わたしもね、嘉子が入学手続きをしたと聞いたときは、耳を疑ったの。といっても、うちの娘は強情《ごうじょう》だから。親の言うことなんてちっとも聞きやしない。どうしてもやると言うから、嘉子の覚悟を信じることにしたの」

それで今日もお祝い膳をととのえてくれたのだ。

美智恵とのいざこざでむしゃくしゃしていた気持ちが、信子の計らいのおかげですっかり晴れた。

「和田さんも。春から嘉子が後輩になりますから。いろいろと教えてやってちょうだい」

いきなり話を振られ、下座の芳夫がびくりとした。

「とんでもない。わたしは明治といっても夜間ですから。法学部でもありませんし――」

焦った口振《くちぶ》りで言い、身じろぎする。

「よければ、わたしがお教えしますよ」

芳夫の代わりに、辰彦が己の胸を叩いた。

「大学は違いますが、法学部ですからね。もちろん武藤先生にはかないませんが、わたしにできることであれば、お手伝いします。司法科試験も受けるつもりでおりますし」

「そのほうがいいです。法律のことなら、水村さんが専門ですから」

「ほら、和田さんもこう言ってる」

うんうん、と芳夫が首を縦にする。

おとなしいのねえ。

二人のやり取りを見て、嘉子は思った。とても芳夫のほうが年上とは思えない。世慣れない感じがして、こう言っては何だが少々頼《たよ》りない。

嘉子は頼もしい人が好みだ。たとえるなら、宝塚の男役みたいに、颯爽としている人がいい。そう、雪野富士子《ゆきのふじこ》さんみたいな方が理想だ。舞台《ぶたい》で見て以来、すっかり夢中になっている。黒いシルクハットに燕尾服《えんびふく》で踊る姿が、何とも格好いいのだ。

どうせ頼るなら、雪野富士子さんを彷彿《ほうふつ》とさせる先輩《せんぱい》がいい。胸のうちで思う分には勝手な希望をつけられる。

「よかったわね、嘉子。そうさせてもらいなさい」

話しているうちに、貞雄が銀行から帰ってきた。香川の名酒金陵《きんりょう》の樽《たる》を抱え、お茶の間に入ってくる。

正月や家族の誕生日などの祝い事のときに、決まって膳にのぼる貞雄の好物だ。ひと月に亘り反対してきた信子が折れ、ようやく諸手《もろて》を挙げて嘉子の進学を喜べるようになったからだろう、いつにも増して機嫌《きげん》がいい。

貞雄が上座につき、祝いの食事が始まった。

今日は書生二人もいるから賑やかだ。貞雄も辰彦と芳夫に話しかけ、学業の進み具合を確かめている。ことに辰彦とは同じ大学、同じ学部とあって、話が盛り上がっているようだ。

同じ郷里の若者を預かっている身として、書生たちの行く末が気懸《きが》かりなのだろう。働きながら夜間へ通う芳夫には、遠慮せずしっかり食べるように言っている。

「そうか。和田くんは休講か。すると今夜は暇なんだな？」

郷里の大吟醸《だいぎんじょう》でほろ酔《よ》いになった貞雄が、赤い顔で言う。

「大学の予習をしておこうと思っておりますが」

「せっかく休講になったんだ。たまには頭を休めたらどうかね」

意外な申し出に芳夫がとまどっている。書生は勉強するために寄宿している。もっと励めと言うのが筋ではなかろうかと、芳夫が困惑《こんわく》するのもわかる。

「勤勉も結構だがね。ときには休みを取ることも肝要《かんよう》だよ。人間は機械じゃないんだ。休みなしに働きつづけていると、早くガタが来る」

　ふむふむ。

　将来、職業婦人になるつもりの嘉子も耳をそばだてた。

「君は自動車に乗ったことがあるかね」

「ございません」

「そうか。だったら今度乗せてやろう。あれは便利なものだよ。わたしは乗っているだけで、運転してもらっているのだが、後ろから眺めているだけでも、実に興味深い。ハンドルがあるだろう」

「はあ――」

「あれにもね、いくらか遊びを持たせておるのだ。適度なゆとり、と言い変えればわかるだろう」

　芳夫のみならず、辰彦も耳を傾《かたむ》けている。

「そうすることで、急にハンドルを操作しても危険を防げるというのだよ。遊びがないと、ちょっとした操作で意図しない方向へ進んでしまって、却って危険らしいんだな。人間もそれと同じだ」

「つまり、どういうことでしょう」

　辰彦が、嘉子が内心で思っているのと同じ合の手を入れた。

「なに、簡単なことさ。ときには遊ぶことも大事なんだよ。こうして面子《めんつ》が揃ったのも縁だ、どうだね、一戦交えないか？」

手を叩いて、女中を呼ぶ。

続きの間へ座《ざ》卓《たく》を四つ運ぶよう言いつけ、芳夫と辰彦を順に眺め、にっと口の両端《りょうたん》をつり上げる。

何の話かと思えば——。

「パパ。麻雀《マージャン》がやりたいのね」

「ご明察」

「もう！　真剣に聞いて損したわ」

嘉子が呆れて抗議すると、

「なに、真面目な話だ。人間にも適度なゆとりがいるんだよ。どうだ、嘉子。お前もやってみるかい？」

仕事人間の貞雄にとって、唯一の遊びが麻雀である。学生時代に教えられ、一頃《ひところ》は夜通し勝負をしていた時期もあったらしい。当時はお金を賭《か》けてやっていたようだが、今ではもっぱら家族麻雀だ。平日の夜に書生の頭数が揃うと、嬉しそうに卓《たく》を出してくる。

いつもなら信子も加わるところだ。学生時代からやっている貞雄より、むしろ家族麻雀の付き合いで覚えた信子のほうが強いらしい。

子どもたちは蚊帳《かや》の外だったが、初めて嘉子に声がかかった。来月の誕生日で十七を迎え、春には大学生となるから、そろそろ仲間入りさせてもよかろうということだ。

麻雀ね。

どこが面白いのか知らないけど、まあ、やってみればわかるだろう。

軽い気持ちで卓に加わり、貞雄の手ほどきを受けた。いずれ明治大学の法科へ進んだときには、男子学生と卓を囲む機会もあるかもしれない。進学したら勉強で忙しいはずだから、今のうちにやり方を覚えておくのも手だ。

そんな軽い気持ちで仲間に入ったら――、すっかり嵌《は》まってしまった。

なるほど、貞雄が夢中になるわけだ。

気がつけば夜更《よふ》けまで続けており、次の日は起きるのが大変だった。こんなこと、試験前でもめったにない。授業中に舟《ふね》を漕《こ》いだりしないよう、濃いコーヒーで頭をシャキッとさせていかなければ。

おみおつけの具は蜆《しじみ》だった。

「生き返るな」

一口啜《すす》り、貞雄がしみじみとため息をつく。

蜆には二日酔《ふつかよ》いをやわらげる効き目があるのだそうだ。寝不足《ねぶそく》の疲《つか》れを取るのにもいいという話で、嘉子もしっかり蜆をいただいた。

「どうだ。面白かっただろう」

貞雄が愉快《ゆかい》そうに言い、こちらの横顔を覗き込む。

「真剣にやり出したら、身を持ちくずしそう」

「大学時代にそういう奴《やつ》がいたな」

「やっぱり」

あれは本気になると危ない。

勝負の止めどきがわからなくなりそうだ。何しろ、頭を使うのがいい。役が完成して上がりになったときの爽快《そうかい》感はもちろん、相手の手の内を読みながら、自分の手を変えていくのが面白い。

「程々《ほどほど》になさいよ。寝不足で学校へ行って、居眠《いねむ》りでもしたらどうするの」

信子が渋《しぶ》い顔で割り込んでくる。

「コーヒーを飲んでいきます」

「麻雀にコーヒー……。入学前からいっぱしの学生みたいじゃないの」

「いいじゃないか。それも予習のうちだ」

貞雄が嘉子の肩を持つと、「まあ」と信子は呆れ声を出した。

「間違ってもお酒を飲ませないでくださいね」

「酒か。そいつがまだだったな。どうだ、嘉子。今度飲んでみるか」

「駄目です」

「そんな怖い顔をしなくてもよかろう。どちらに似ても酒は強いんだ」

「だから駄目なのよ。止められなくなるから」

大真面目に信子が返すと、貞雄は喉《のど》を反らせて笑った。

何のことはない。信子は酒豪《しゅごう》なのだ。一見したところは大和撫子《やまとなでしこ》の見本のようだが、実は貞雄より強く、いくら飲んでも顔色ひとつ変えない。

貞雄と信子は仲睦《むつ》まじい夫婦だった。いつか自分も二人のような家庭を作りたい。子どももたくさん産みたい。五人兄弟の長姉《ちょうし》として育ったからか、この家みたいに大勢の子どもがいるのが理想だ。

弁護士を目指しつつ、結婚も夢見る。

それが女学生というものかもしれない。

来月、嘉子は十七になる。

第二章　日本初の女性弁護士誕生

1

昭和十（一九三五）年六月の東京は朝から薄曇《うすぐも》りだった。

梅雨《つゆ》に入ったせいか空気がじっとりと湿《しめ》り、日が照っていなくとも少し動くと汗《あせ》ばむ。

「ねえ、寄っていくでしょ？」

駿河台下《するがだいした》を女四人で一列に並んで歩いていると、佐夜子《さよこ》がいつものごとく言い出した。

「また若松《わかまつ》？　先週も行ったばかりじゃない」

右端《みぎはし》の文枝《ふみえ》が佐夜子をからかう。

「だって蒸《む》し暑《あつ》いんだもの。冷たいもので喉《のど》を冷やしたいわ」

佐夜子は銀座若松のみつ豆が気に入りで、十日に一度は誘《さそ》いをかけてくる。今日は最後の講義が苦手な刑法《けいほう》だったから、たぶん言い出すと思っていたのが当たった。

若松に行くようになったのは大学に入ってからだ。

明治二十七（一八九四）年にお店ができた頃《ころ》は汁粉《しるこ》屋だったそうだが、二代目のご主人に代わってからはあんみつが看板になっている。

「嘉子《よしこ》さんは行くわよね？」

みつ豆が食べたくてたまらない佐夜子が、嘉子の気を引き立てるように腕《うで》を組んできて、顔を見上げる。

どうしようかしら。

今日は家で民事訴訟《そしょう》法のテキストを読《よ》み込《こ》むつもりでいた。明日の講義に臨む前に、あらかじめ重要なポイントを把握《はあく》しておきたい。

寄り道をすれば、取りかかるのが遅《おそ》くなる。寝不足《ねぶそく》になると翌日に響《ひび》くことも、これまでの経験からわかっているから、今日は誘われても断るつもりでいた。

「ごめんなさい、今日はまっすぐ家に帰るわ」

「そんなあ」

佐夜子は身をよじり、上目遣《うわめづか》いで嘉子の顔を覗《のぞ》いた。

「ちょっとくらい付き合ってよ。あんみつを奢《おご》るから」

決意は固いつもりなのに、好物を出されると気持ちが揺《ゆ》らぐ。銀座若松。どうして大学生になるまで知らなかったのかと、流行に疎《うと》い己《おのれ》を恨《うら》みたいほどだ。汁粉もみつ豆もおいしいけれど、嘉子は断然あんみつ派だ。餡《あん》が甘《あま》過ぎず、といって薄味《うすあじ》でもなく、何とも絶妙《ぜつみょう》なのがいい。

みつ豆の上にパイナップルや蜜柑《みかん》のシロップ漬《づ》けを飾《かざ》り、漉《こ》し餡《あん》をのせたところへさらに甘い黒蜜《くろみつ》をかけてあるという凝《こ》りようで、一度食べたらすっかり虜《とりこ》になってしまった。

「だったら、わたしにも奢ってよ」

列の右端から、文枝が顔を突《つ》き出《だ》した。

「駄目《だめ》よ、あなたは自分で払《はら》ってちょうだい」

「ケチねえ」

「何を言ってるの。嘉子さんに奢るのにはちゃんと理由があるんだから。今日の講義でわからなかったところを教えてもらいたいの」

「それなら、わたしも」

今度は左端《ひだりはし》から、おずおずと真知《まち》が顔を突き出す。いつにも増しておとなしいのは、佐夜子と同じく講義内容に疑問点があるからのようだ。

「質問なら、直接先生にしたほうが正確よ」

嘉子は苦笑《くしょう》した。

こちらも学生で、この三月に女子部を卒業し、晴れて明治大学の法学部へ入学したばかり。講義についていくので精一杯《せいいっぱい》だ。疑問をぶつけられても、満足に返答できる自信はない。

それでもなお、佐夜子は食い下がってきた。

「だって、先生に話しかけようと思っても、いつも男子学生が群がっているんだもの。近づくのも気が引けるわ」

うんうん、と文枝と真知がうなずく。

当然ながら、明治大学の学生は大半を男子学生が占《し》めている。女子学生は数えるほどしかおらず、何かと注目の的だ。質問をするときも男子学生は聞き耳を立てている。女子部上がりの学生がどんなことを訊《き》くのか、興味津々《きょうみしんしん》なのだ。佐夜子たちが躊躇《ちゅうちょ》する気持ちもわかる。

三年前、女子部へ入ったときは法科には五十名の新入生がいた。

嘉子と同様、女学校を卒業してそのまま進学した若い娘《むすめ》もいれば、弁護士夫人や離《り》婚《こん》して女手一つで子育てをしている中年女性や、社会活動をしている人など、年齢《ねんれい》や背景は様々ながら、法律を学びたいという共通の夢を抱《いだ》く仲間がいたのだ。

しかし卒業のときには、五十名いた学生は半分に減ってしまった。家庭の事情や授業との相性《あいしょう》など、人それぞれ理由はあるから仕方ない。卒業後に明治大学へ進む人はさらに減った。女子部時代は木造校舎の狭《せま》さに文句を言っていたけれど、いざ広い講堂へ放《ほう》り込《こ》まれると、その広さに心許《こころもと》なさを煽《あお》られる。

嘉子、佐夜子、文枝、真知は女子部からの仲良し四人組。一緒《いっしょ》に卒業して、将来は弁護士になろうと誓《ちか》い合っている仲だから、そのうちの一人が授業についていけず、悩《なや》んでいるとなると心配だ。

「こんなことじゃ駄目よね」

佐夜子が丸い肩《かた》をすぼめた。

「わたし、やっていけるかしら。たった二カ月でもう落ちこぼれちゃいそう」

「弱音を吐《は》くには早いわよ。今から取り返したらいいじゃないの」

「嘉子さんは優秀《ゆうしゅう》だから、そんなふうに言えるのよ」

口を尖《とが》らせ、拗《す》ねた口をきく。

女子部時代も苦労していたことを知っているだけに、弱音を吐かれると無下にできなくなる。仕方ない。早めに切り上げれば、自分の勉強をする時間も取れるだろう。

「いいわ、行く」

嘉子が言うと、佐夜子がぱっと顔を輝《かがや》かせた。

「嬉《うれ》しい！　あんみつ、大盛りにしていいわよ」

大盛りと聞いて、つい浮《う》かれてしまった。

これだから肥《ふと》るのだと自嘲《じちょう》しつつ断れない。

梅雨が明けたらみんなでYMCAへ泳ぎに行こうと話している。

今朝、着替《きが》えたときスカートのホックがきつかった。若松のあんみつを知ってからというもの、目方が増量気味なのだ。YMCAまでには減量しなくちゃ、と思いながら嘉子は答えた。

「じゃあ、お言葉に甘えて」

我ながら矛盾《むじゅん》している。

欠かさず予習復習しているおかげか、今のところ授業にはついていけている。特に用語の意味は、あらかじめ頭に入れておく。それだけでも、先生の話は呑《の》み込《こ》みやすくなる。

大学の講義を共に受け、帰りには駿河台下をそぞろ歩きするのが、入学以来のお決まりになっている。三省堂書店《さんせいどうしょてん》へ寄って参考になりそうな書籍《しょせき》を探し、ときには銀座へ甘いものを食べにいく。

半袖《はんそで》の白ブラウスにプリーツスカートを合わせた嘉子に、涼《すず》しげなワンピースの佐夜子とツーピースの文枝、刺繡《ししゅう》入りのカーディガンにタイトスカートの真知は、分厚いテキストでふくらんだ鞄《かばん》を提《さ》げているとはいえ、皆《みな》ごく普通《ふつう》の若い娘だった。すれ違《ちが》う人たちの目にも、男子学生に混ざって、法律を学んでいる大学生には見えないだろう。

この日も四人で若松へ繰《く》り出《だ》し、大いに話に花を咲《さ》かせて帰ってきた。世間からの風当たりは強いが、嘉子は充実《じゅうじつ》した大学生活を送っていた。

セーラー服を着ていた女学生の頃は、今思えば気楽だった。お茶の水高女に通っていることは単純に誇《ほこ》りで、誰《だれ》に後ろ指を差されることもなかったから。けれど、今は大学で法律を学んでいることは伏《ふ》せている。

あれこれ言われることに疲《つか》れたのだ。

世間では、法律を勉強する女は怖《こわ》がられる。何の思惑《おもわく》があって、そんな知恵《ちえ》をつけたがるのかと穿《うが》った目で見られる。

学校の友だちが嘉子を怖い女と噂《うわさ》しているのを聞いたと、末の弟の泰夫《やすお》が注進してきたこともある。お茶の水高女の担任や、うるさい同級生の美智恵《みちえ》だけではない。世間から、嘉子はすっかり変わり者扱《あつか》いされている。

やりたい勉強をしているだけで、なぜ白眼視されなければいけないの。

と、前は反発していたが、弟の耳にまで悪口が入っていると知り、面倒《めんどう》になった。家族に迷惑《めいわく》がかからないよう、自分からは明治大学に通っていることは言わない。いかにも娘らしいなりをして、よけいなお節介《せっかい》を躱《かわ》すようにしたほうが楽だ。

でも、機会があれば、そういう人たちに言いたい。おあいにくさま。楽しくやっていますから心配ご無用、と。

勇気を持って飛《と》び込《こ》んでみたら、大学は天国だった。勉強は難しいが、それはこちらから望んだこと。民法も刑法も訴訟法も、それぞれに歯応えがあって面白《おもしろ》い。法律というと堅苦《かたくる》しく考える人が多いけれど、実は日々の暮らしに密着していることも、勉強を始めて知った。

たとえば、若松であんみつを食べるのも、契約行為《けいやくこうい》の一つだ。嘉子が注文した時点で契約は成立。だからもし、急用ができて、あんみつを食べずにお店を出ることになっても、代金を支払《しはら》う義務はある。

逆に、お店側の不手際《ふてぎわ》で小豆《あずき》と黒蜜を切らしていて、求肥《ぎゅうひ》と寒天だけのあんみつが出てきたら？　そんな中途半端《ちゅうとはんぱ》なものにお金を払うのは業腹《ごうはら》だけど、お客は代金の支払いを免《まぬが》れることができるのか。

こんなふうに、法律は身近なところにある。女には難しい、なんてことはない。法律は人々の暮らしのすべてに関わっているのだから。

早めに切り上げるつもりが、結局遅くなった。女が四人、それも同じ学問をしている者が集まれば、どうしたっておしゃべりが止まらない。

おかげで家族の夕食に間に合わず、一人分の膳《ぜん》を用意してもらっていると、長弟の一郎《いちろう》が加わった。

「遅かったのね。勉強が大変なの？」

「そんなところかな」

二つ下の一郎は横浜《よこはま》商業学校へ通っている。

「頑張《がんば》っているわねえ。感心、感心」

近頃《ちかごろ》の学生は学問より遊びに熱心な者もいるが、一郎は真面目にやっているようだ。黒縁《くろぶち》の丸眼鏡《めがね》に学生服で、髪《かみ》も子どもの頃からずっと同じ坊主《ぼうず》頭である。

「ぼくは姉さんほど優秀じゃないから。必死に食らいついているんだよ」

「嫌《いや》ね、謙遜《けんそん》しちゃって」

嘉子は横目で軽く睨《にら》み、丸刈《まるが》り頭を指でつついた。

一郎は父親の貞雄《さだお》のように黒縁の丸眼鏡をかけており、十九の若者にしては既《すで》に老成した雰囲気《ふんいき》を漂《ただよ》わせている。武藤《むとう》家の長男として、幼い頃よりひときわ厳しく躾《しつけ》られてきたからかもしれない。

「姉さんは今日も若松かい」

ずばり言い当てられた。

「よくわかるわね」

「お決まりじゃないか。いつもの面子《めんつ》で行ってきたんだろう」

「あそこのあんみつ、おいしいんだもの。誘われると、断れないのよ」

「初めから断る気なんてないくせに。ぼくに言い訳しなくてもいいよ」

嘉子は舌を出した。一郎の言う通りなのだ。

「あなたも甘いものが好きでしょう。今度連れてってあげるわ」

「いいよ。男があんみつなんて気恥《きは》ずかしい」

家ではお饅頭《まんじゅう》や羊羹《ようかん》を喜んでおやつに食べているのに、そんなことを言う。

「それより、後で相談があるんだけど」

「なあに。めずらしいわね」

「うん、ちょっと」

「いいわよ。後で部屋へいらっしゃい」

一郎は早く社会へ出て、自立したいようだ。横浜商業学校を選んだのも、学んだことが直接仕事に結びつくからだろう。てっきり大学へ進むと思っていたから意外だが、堅実《けんじつ》な一郎には合っているのかもしれない。卒業したら、ものを作る会社に入りたいと言っている。

大学生の嘉子とは進路が異なるが、今も勉強の話で盛り上がることが多い。一郎は法科の勉強に関心があるようで、質問を受けることもある。この間も新聞に出ていた裁判の判決の判例解釈《かいしゃく》について問われた。こちらも学生の身、それも四月に入学したばかりの新入生で、大した意見を言えるわけではないが、気兼《きが》ねなく話せるのがいいみたいだ。

相談とは何だろう。

長男の一郎はしっかり者で、手のかからない子どもだった。

背が高いのは嘉子と同じだが、痩《や》せ形で、全体に細長く青竹みたいな体つきをしている。信子《のぶこ》に言わせると、若い頃の貞雄に生き写しなのだとか。ひょっとすると、貞雄のようにそのうち外国で仕事をするのかもしれない。

二人で膳を囲んでいると、書生の辰彦《たつひこ》が座敷《ざしき》へ入ってきた。嘉子と一郎を見ると、ぱっと破顔する。

「やあ、お揃《そろ》いでしたか」

辰彦は三月に帝大法学部を卒業したのを機に、武藤家から出て、近所のアパートで一人暮らしをしている。

今は司法科試験の猛勉強《もうべんきょう》中と聞いていた。顔を合わせるのは久《ひさ》し振《ぶ》りだ。

「いらっしゃい、水村《みずむら》さん」

家にいた頃と比べ、少し痩せたようだ。目の下にはうっすらと隈《くま》がある。

試験勉強で忙《いそが》しくて、ろくに食べる暇《ひま》がないのか。斜《なな》めに流した前髪《まえがみ》が額に垂れ、鬱陶《うっとう》しそうだ。

「どうだい、一郎君。横浜商業学校の勉強は」

「商業の実践《じっせん》を知らないので、中々骨が折れます」

「そうか。専門的な知識を学ぶのは、これまでの学校の授業と違《ちが》うだろう。嘉子さんはどうです。女子部から上がって二カ月、そろそろ慣れましたか」

「おかげさまで。まだ右往左往しているけど、女子部からの仲間と連帯してどうにかやっているわ」

「はは、そうですか。仲間がいるのは心強いですな」

女中が夕食の膳を運んでくると、辰彦はさっそく箸《はし》を取った。大きな口で白飯を頬《ほお》張《ば》り、おみおつけを啜《すす》り、焼き魚にかぶりつく。よほど空腹だったと見え、またたく間に茶碗《ちゃわん》を空にする。その勢いに、嘉子は呆気《あっけ》に取《と》られた。

「お仲間の皆さんはどうです。講義についてこられていますか？」

「もちろん」

不安顔だった佐夜子も、若松で嘉子と話して疑問が解消したみたいだ。真知も同様。お店を出るときには文枝も含《ふく》め、みんな明るい顔をしていた。

「そうですか。さすが嘉子さんのお仲間だけありますな」

辰彦は感心した面持《おもも》ちでうなずいた。

「でも、女子部はだいぶ入学者が減ったみたい。わたしが入ったときには法科は五十人だったのに、今年は二十人ですって」

「ほう。半分以下になったわけですか」

昭和四（一九二九）年に第一回生を募集《ぼしゅう》したときは、一一九人の学生が入ったと上級生から聞いた。嘉子の代はその半数だったが、今はさらに新入生が少なくなっている。

設立から六年で六分の一弱に減ったのは考えものだ。このままでは、早晩経営難に陥《おちい》るのではないか。せっかく法律が改正され、女が弁護士になる道が開かれたというのに。肝心《かんじん》の応募《おうぼ》者が尻《しり》すぼみとは嘆《なげ》かわしい。

「このご時世だから、仕方ない面もあるのでしょうけど。卒業生としては心配だわ」

昭和六（一九三一）年、満州事変が勃発《ぼっぱつ》した。

日本中から若者が開拓《かいたく》団として満州へ送《おく》り込《こ》まれる中、女が勉強して何になる、それより結婚《けっこん》して子を産んだほうが国のためだという風潮が高くなった。三年も学生をしている暇があるなら見合いをせよ、というのが世にはびこる多くの声だ。女子部の新入生が減ったのは、その影響《えいきょう》もあるだろう。

「大学も事業のうちですからな。学生が入らなければ、つぶすしかないでしょう」

冗談《じょうだん》じゃない。

「そんなの駄目よ」

嘉子は気色ばんで反論した。

「東京には、他に女が法科へ入る大学がないんだもの。希望者が減ったのは不景気のせいだわ。一時的なもので、すぐに持ち直すはずよ」

「どうですかね。法科ですよ。もとから希望者が多いとは思えません。文学ならともかく、法律は難しいから」

「それは男にとっても同じでしょう」

「しかし、男は高等学校で社会科学をやりますから。慣れがある分、違うでしょう」

辰彦は二杯《はい》目の白飯も、驚《おどろ》くべき速さで平らげた。女中へ茶碗を差し出し、漬《つ》け物《もの》を口へ放り込む。

「男でも、大学の授業についていくのは骨の折れるものなんです。女子学生が苦労なさるのも無理はありません。途中《とちゅう》で辞《や》めるくらいなら、最初から入らないほうが利口とも言えます。な？　一郎くん」

「どうだろう――」

一郎は考《かんが》え込《こ》む顔になった。

どうなのよ。

嘉子は傍《かたわ》らの一郎を見上げた。ちゃんと反論しなさいよ。

「ぼくは、頭の出来に男女の差はないと思うけど。うちでは姉さんが一番の優等生だし」

「ふむ」

手のひらで顎《あご》を撫《な》で、辰彦がうなずく。さすが一郎。よくわかっているじゃないの。しかし敵は一郎の答えに不満らしい。

「なるほど。確かに嘉子さんはお茶の水高女でも、成績優秀だったようだから。でも、それだけでは根拠《こんきょ》が乏《とぼ》しいな。嘉子さんが優等生なのは個別性の高い話であって、頭の出来に男女の差がない証拠《しょうこ》にはならない」

一郎は黙《だま》ってしまった。

意地悪な言い方。粗《あら》をついて怯《ひる》ませ、持論へ引《ひ》きずり込《こ》む気か。慎重《しんちょう》な一郎は挑発《ちょうはつ》に乗らず、じっと沈黙《ちんもく》を続けている。

「全豹一斑《ぜんぴょういっぱん》とおっしゃりたいの」

これでは埒《らち》が明かない。平和主義の弟に代わって、武闘《ぶとう》派の嘉子が答える。全豹一斑とは、物事のごく一部を見て、全体を批評することだ。見識が浅いことを示すたとえのこと。辰彦への当てこすりでもある。

「その通りですよ。知らなかったな。女学校では『晋書《しんじょ》』も教えるんですか」

「いいえ。でも、女学校の図書館で借りて読んだのよ」

「そいつはすごい。お茶の水高女の人気が高いのも、もっともですな」

本当は貞雄の蔵書を読ませてもらったのだが、敢《あ》えてそう言った。もっとも、女学校の図書館にも同じ本が置いてあったから、まんざら嘘《うそ》でもない。

確かに一郎の返答は不十分だった。

姉として、それは認める。けれど、一郎が黙ったのは言い負けたからではない。年長者の辰彦に遠慮《えんりょ》して、言葉を返さなかっただけのこと。

頭の出来の良《よ》し悪《あ》しも含め、男と女は同等だ。

わたしたちは貞雄にそう言われて育った。けれど、世間にはそう思わない人が大勢いる。たぶん、辰彦もその一人だと嘉子は睨んでいる。

何しろ帝大《ていだい》生だ。

同級生はそれこそ綺羅星《きらぼし》のごとく、将来はこの国を背負《しょ》って立つような人ばかりだろう。女学校を出た後、三年も明治の女子部へ通ってから、ようやく大学へ入学を許された嘉子と比べるべくもない。

それでも、気になるのだ。自分と同じ土俵に立とうとする、嘉子たち女子学生が癪《しゃく》に障《さわ》る。

俺《おれ》たちの領分に入ってくるな。要するに、辰彦はそう言いたいのだ。法律家を目指すなど、とんでもない。女に裁判など任せられるものかと思っている。それが世間の見方だ。明治の同級生の中にも、そういう目で嘉子たちを見る者もいる。

辰彦も同じだ。女学校の卒業前、信子から嘉子の進路を聞いたときには賛成し、弁護士を必要としている人には当然女もいると、物分かりのいいことを言っていたのは何だったのだろう。

「まあ、根拠はともかく、一郎くんの言う通りだとわたしも思いますよ。頭の出来でいえば、必ずしも女が男に劣後《れつご》しているわけではない」

「建前ではなくて？」

「もちろん本音ですよ。嫌だな、そんな怖い顔しないでくださいよ」

辰彦は嘉子におもねるような口振《くちぶ》りで言う。

「そりゃ怖いわよ。法科へ進んだ女ですから」

皮肉を返すと、辰彦は真面目な顔をして嘉子を諌《いさ》めた。

「自分を卑下《ひげ》するようなことを口にしては駄目です。たとえ冗談でも、癖《くせ》になります」

「あらそう、わかりました」

ちょっぴり、くすぐったい。

「では、本音を聞かせてちょうだい」

「さっき言った通りですよ。頭の出来に男女の差はない。むしろ、勤勉さでは女のほうが男に勝《まさ》るでしょう。こつこつやるから筆記試験では高得点を取る。田舎《いなか》にいた頃も、小学校にどうしても勝てない女の子がいましたよ。男は遊びの誘惑《ゆうわく》に弱いから、つい怠《なま》けちまうんだよな」

長い前髪をかき上げながら、辰彦は自嘲した。

伸《の》びた髪は脂《あぶら》が浮いていた。顔もいささかやつれて見える。疲れているのだ。辰彦はアパートの家賃を払うため、昼間はアルバイトをしていると聞いた。働きながら試験勉強をするのはさぞや大変だろう。

帝大の法科を出た者でも半数は落ちると、貞雄が前に言っていた。辰彦がこの家へ食事に来たのも、狭いアパートで追《お》い詰《つ》められた気持ちになったせいかもしれなかった。

建前だって構わない。相手を傷つけないよう、棘《とげ》のある本音を隠《かく》すのは、礼儀《れいぎ》作法の一つだもの。

「あら、何のお話？」

信子が座敷へ顔を出した。

「こんばんは。いただいております」

「たくさん召《め》し上《あ》がってね。論述試験に向けて、しっかり力をつけないと」

貞雄の大学の後輩《こうはい》で、朗《ほが》らかな辰彦は信子のお気に入りだった。試験勉強しながら働くのは大変だろうと、毎日でもこの家へ食事に来られるよう、近所のアパートを探してやったほどである。

今も女中に膳を片付けさせ、辰彦のために茶を点《た》てる準備をしている。

そうしているうちに貞雄が帰ってきて、座敷はさらに賑《にぎ》やかになった。

一郎はさっさと食べ終わり、食後の果物が出る前に座敷を引き上げていったが、嘉子は居残りさせられた。信子が茶筅《ちゃせん》をこちらへ渡《わた》した。なんだ、点ててくれるわけではないのかと思いつつ、素直《すなお》に受けとり、茶筒《ちゃづつ》の蓋《ふた》を開ける。

「おや。薄茶《うすちゃ》か」

貞雄が言うのに苦笑する。

「こんな時間に濃茶《こいちゃ》なんて飲んだら、眠《ねむ》れなくなるわよ」

「そのために点てるんじゃないのか」

とぼけたふうに貞雄が言う。

もう。この口振りからすると麻雀《マージャン》だ。四人揃ったなら一局どうだというわけか。

「すみません。今夜はちょっと。試験勉強がありますもので」

誘われる雰囲気を察した辰彦が牽制《けんせい》したが、

「なに、半荘《ハンチャン》だよ。すぐに終わる」

「いや、しかし――」

「試験勉強も結構だが、たまには息抜《いきぬ》きも必要だ。どのみち司法科試験は一夜漬《いちやづ》けでどうにかなるわけでなし、いいじゃないか」

「強引《ごういん》ねえ、パパは」

嘉子は呆《あき》れた。

少しお酒が入っているのか、貞雄は赤い顔をしている。こんな日はしつこいのだ。半荘と言っているが、たぶんそれでは終わるまい。

あいにくだけど、今日は付き合えない。

明日の講義の予習があるし、一郎も相談したいと言っている。おそらく今も部屋で嘉子を待っているはずだ。早く行ってやらないと、あの子も眠れなくて気の毒だ。

——と、思ったのに、結局口車に乗せられてしまった。こと麻雀に関しては、貞雄は駄々《だだ》っ子《こ》なのだ。やると言い出したら聞かない。やむなく一郎に断りを入れ、相談を受けるのは、後日あらためてということにしてもらった。

当然、辰彦も泊《と》まっていった。

司法科試験を控《ひか》えている人を差し置き、大学生の嘉子が逃《に》げるのは忍《しの》びない。ならば、と真剣《しんけん》勝負をすることにした。父親の勝手に付き合わせるのだ、殊勝《しゅしょう》なお嬢《じょう》さんぶって手を抜《ぬ》くのは失礼だろう。

いずれ嘉子も司法科試験を受け、弁護士になるつもりだ。辰彦は検察官志望だというから、そのうち敵味方として法廷《ほうてい》で闘《たたか》う機会も巡《めぐ》ってくるかもしれない。今のうちに力を見せつけておくのもいい。

この日は配牌《はいパイ》にも恵《めぐ》まれ、嘉子は快勝した。

「うわあ、まいったな。ぼろ負けだ」

底に沈《しず》んだのは辰彦だった。日頃《ひごろ》は強いほうだというのに、この晩はさっぱり運に見放されたようだ。

翌朝、寝不足ゆえの腫《は》れぼったい目で膳についた辰彦を見かね、嘉子は女中に頼《たの》んで蜆《しじみ》のおみおつけを作ってもらった。

武士の情けというやつだ。昨夜は辰彦が振《ふ》り込《こ》んでくれたおかげで快勝した。

「それにしても、嘉子さんの強さには仰天《ぎょうてん》だ」

おみおつけを啜り、辰彦はかぶりを振《ふ》って感心した。

「運が良かったのよ」

「いや、違う。運だけじゃない。すっかり手の内を読まれていましたからな。度胸もあるし。並の男よりよっぽど強いよ」

言った後、辰彦は一瞬《いっしゅん》しまった、という顔をした。

ちらと、こちらの顔を窺《うかが》う。目の奥《おく》に申し訳なさそうな色が見える。

「ああ、おいしい」

嘉子は今の失言を聞き流した。

寝不足でまぶたは重いが、気持ちは晴れやかだった。男の辰彦を負かしたからだ。矛盾だわ。胸のうちでつぶやく。男を負かして喜ぶのは、自分が女だから。劣《おと》っていると認めているのも同じ。だとしても、気分が良かった。

嘉子に振り込んだとき、辰彦は大いに悔《くや》しがった。「やっちまった」と声を上げ、舌打ちまでして己の失態を嘆いた。

つまり、嘉子を好敵手として認めているということではないか。端《はな》から劣る者とみていれば、悔しさを押《お》し殺《ころ》して「上達しましたなあ」と褒《ほ》めてみせたに決まっている。それが嬉しくて、自《おの》ずと顔がほころぶ。

子どもの頃、弟たちと喧嘩《けんか》になると取っ組み合いをした。でも中学生になったら、一郎は力加減するようになった。それが妙《みょう》に悔しかったことを今も憶《おぼ》えている。

大学の男子学生は一様に親切だ。講堂で顔を合わせれば「おはよう」と声をかけてきて、嘉子たちに席を譲《ゆず》り、紳士《しんし》的なところを見せる。

正直なところ物足りない。同級生なのに、一段下の存在として見なされているのがわかるから。そこへ行くと辰彦は違う。女のことは侮《あなど》っているかもしれないが、嘉子のことは手強《てごわ》い相手として見ている。そう来なくちゃ、つまらない。

朝食をすませた後、辰彦と駅の近くまで肩を並べて歩いた。玄関《げんかん》を出たときから、どんより曇《くも》っていた。土のにおいが強くなったと思った傍《そば》から、ぽつりと落ちてくる。

うっかりしていた。梅雨どきだというのに、傘《かさ》を持ってくるのを忘れてきた。辰彦は着ていたジャケットを脱《ぬ》ぎ、嘉子の頭にかざし、通りかかった家の軒《のき》下まで連れていった。

「雨宿りしていてください。ひとっ走り戻《もど》って、取ってきますから」

ジャケットを手渡《てわた》すなり、辰彦はシャツ一枚で駆《か》けていく。軽い足取りだった。さっきまで寝不足で腫れぼったい顔をしていた人とは思えない。

年中着たきりのジャケットはくたびれて埃臭《ほこりくさ》かった。道行く人の目が気になり、とても頭にかざしてはいられず、脇《わき》へ抱《かか》えた。分厚い毛のジャケットは、湿気《しっけ》を吸うとにおいが強くなった。くたびれた織り目の生地《きじ》は毛羽立っており、腕に抱えているとチクチクする。

その日、嘉子は小さい丸襟《まるえり》のついた白麻《あさ》のブラウスを着ていた。

灰色に煙《けむ》る空を見上げながら、辰彦が戻るのを待つ。軒下で雨に足止めされているうち、女学生の頃に観《み》た宝塚《たからづか》の舞台《ぶたい》を思い出した。こんな感じの衣装《いしょう》を着た男役を見た覚えがあるのだ。

そういえば、このところ観ていない。

来月、大学で初めての定期試験がある。終わったら、久し振りに観にいこうか。それとも、宝塚劇場《たからづかげきじょう》の近くにある有楽座へ行ってみようか。

この間のオープン当日は、旗揚《はたあ》げ公演として『寿曾我三番《ことぶきそがさんば》』、『人間万事金世中《にんげんばんじかねのよのなか》』、『盲目《もうもく》の兄とその妹』、『シューベルトの戀《こい》』が上演され、話題になっていた。嘉子も行きたかったが、試験勉強があって断念したのだ。

新聞で読んだときは『人間万事金世中』が目当てだったが、今になり、『シューベルトの戀』を観にいけば良かった気がしている。

2

一郎に想《おも》い人がいるとわかったのは、その年の暮れのことだ。

ある日突然《とつぜん》、会ってほしい人がいるのだと打ち明けられたときは驚いた。一郎は誕生日を迎《むか》え、二十歳《はたち》になったが、奥手《おくて》なほうと思っていただけに意外だった。

「同級生の姉さんなんだ」

年上で、しかも離婚歴があるというから、二度驚いた。

「何歳《なんさい》の方なの？」

「二十七」

思わずまじまじと一郎の顔を見てしまった。

「ちゃんと相手にしていただいているの？」

「失礼だな」

一郎は苦笑いした。ちょっと頰《ほお》をふくらましている。

「ちゃんと相手にしてもらってるさ。奈津子《なつこ》さんはいい人なんだ」

「奈津子さんとおっしゃるのね」

苦労している人らしい。親の決めた相手のもとへ嫁《とつ》いだものの、一年もせずに出戻《でもど》ったのだとか。子はいないが、傷物として実家で小さくなっている。

同級生の家へ遊びにいった際に知り合ったのだそうだ。物静かな人で、手製のクッキーと紅茶をふるまってくれた。

その後、たまたま町で顔を合わせたのがきっかけで親しくなった。

といっても、二人きりで話したのはそのときだけで、後は彼女《かのじょ》の弟である同級生を交えて、話をしたことがあるくらい。「会ってほしい人がいる」なんて言うから、てっきり恋人《こいびと》だと早合点《はやがてん》したけれど、どうやら一郎の片思いらしい。

嘉子に会わせたいのは、明治女子部へ進学を希望しているからだという。離縁《りえん》して実家に戻り、親に迷惑をかけているのがしのびない。ついては自活するため、手に職をつけたいのだそうだ。

元夫《もとおっと》の家を出たとき、奈津子は無一文だった。

民法では、妻の財産は夫が管理すると定められているからだ。両親が持たせてくれた持参金を、元夫はすっかり使ってしまった。

「もう結婚はこりごりだって、奈津子さんは言ってる」

これからは男に頼《たよ》ることなく、自力でやっていきたい。弁護士になれば、かつての自分のような女の人に手を貸してやれる。そう奈津子は考えているのだという。

「確か姉さんが女子部にいたときも、似た境遇《きょうぐう》の人がいたよね？」

「ええ。女手ひとつでお子さんを育てていた同級生がいたわよ」

「そうそう、その人だ。今も大学で頑張ってるんだろ。若松に行った仲間には、その人もいたのかい」

「彼女は大学へ進まなかったの。女子部の途中で辞めたから」

「へえ。どうしてまた。せっかく入ったのに、もったいない」

「体を壊《こわ》したのよ」

その同級生は、昼間は女子部へ通い、夜のお店で働いていた。子どもに夕ご飯を食べさせ、風呂屋《ふろや》へ行かせ、帰ってくると、入れ替《いれか》わりに出かけていく。お店が終わるのは夜中の十二時を回ってから。お客が粘《ねば》れば、もっと遅くなることもある。いったい、いつ寝《ね》ているのかと、話を聞いたときには驚いた。

よく食べる人で、声の大きな明るい人だった。歳《とし》は三十代半ばだったけれど、姿勢がいいせいか若々しく見えた。試験前には仕事が終わった後、朝まで勉強するのだと言っていた。

体は大丈夫《だいじょうぶ》なのかと心配すると、仕事をしながら学校へ通うとはそういうことだからと、笑い飛ばされた。母親はね、子どものためにはいくらだって苦労できるの、と。

三年前、女子部へ入ったとき同学年には五十名ほどがいた。

嘉子と同様、女学校を卒業してそのまま進学した若い娘もいれば、弁護士夫人や離婚して女手一つで子育てをしている中年女性や、社会活動をしている人など、年齢や背景は様々だった。二十七の奈津子が入学しても、何ら浮く心配はない。

女子部に入りたい、という人がいるのは大歓迎《だいかんげい》だ。

さっそく、次の週に嘉子は奈津子と会った。

可愛《かわい》らしい人だった。一郎より七つ年上だというが、とてもそうは見えない。銀座の凮月堂《ふうげつどう》で、二人が並んで座《すわ》り、向かいに嘉子が座った。一郎は意中の人を意識して、いつになくしゃっちょこばっている。

嘉子の話を、奈津子はノートをとりながら聞いた。女子部に入りたい気持ちは本物らしい。多少無理をしてでも挑戦《ちょうせん》したいとの熱意が、顔や相槌《あいづち》から伝わってくる。

こういう人が入ってくれれば、と語る嘉子のほうにも力が入る。

良《い》い学校なのだ、実に。女子部の講師陣《じん》は、東京帝国大学《とうきょうていこくだいがく》や、裁判所などから呼び寄せた一流の人たちばかり。そういう綺羅星のような先生方から直々に、しかも懇切《こんせつ》丁寧《ていねい》に教えを乞《こ》うことができる。

大志を抱いて入学したはいいが、いざ六法全書を目の前にすると怯む女子学生は多い。嘉子は貞雄の書斎《しょさい》で眺《なが》めていたから免疫《めんえき》があったものの、それでも女学校時代との落差には少々面食らった。

法律用語は難解で、六法全書は片手で持つのがやっとなくらいに重く、中身の法文も重厚長大《じゅうこうちょうだい》だ。先生方は、そういう女子学生のために、面白おかしく話をかみくだいて教えてくださる。

たとえば刑法の授業では——。

「幽霊《ゆうれい》が人を殺したら、殺人罪に問われる？」

人を殺すのは罪。でも、それをしたのが幽霊だったら？

刑法の授業でこのケースを取り上げたときには、大いに盛り上がったものだ。犯人が誰であろうと「殺人」は罪だ。ここは譲れない。

だけど、幽霊にどうやって刑罰《けいばつ》を下せばいいのか。そもそも刑罰の対象になるのか。考えてみると、意外に奥が深い。難解と言われる法律談義も、ユーモラスな事例に引き寄せると、大いに盛り上がる。

「面白いんですねえ」

これには奈津子も目を輝かせた。

「刑法の先生は、今も女子部で教えていらっしゃるはずです」

「入学したら、同じお話を伺《うかが》えるかしら」

一郎も喜んでいた。想《おも》い人《びと》が姉と話しながら、頬を上気させているのが嬉しいのだろう。

「そんな講義なら、ぼくも受けてみたいよ」

なんて言っていた。

入ってくれるといいけど。

講師陣は立派だが、女子部の建物は粗末《そまつ》なものだった。お茶の水高女もそうだったが、木造で古めかしく、まるで昔の寺子屋を思わせる態で、入学したときは啞然《あぜん》とした。

でも、それも女子部にいる間の辛抱《しんぼう》だ。

大学へ進めば広い講堂で学べる。図書館は充実しているし、外へ出れば近くに三省堂がある。司法科試験という難関に立ち向かうにふさわしい環境《かんきょう》が整っているのだ。

数日後、奈津子から礼状が届いた。

貴重なお話をいただき、大変有意義だった、ぜひ来春には入学したい所存だと、記されているのを読み、嘉子の胸も温かくなった。

ああ、良かった。一郎の好きな人を励《はげ》ますことができたなら嬉しい。奈津子のような人がどんどん女子部に入学し、新入生の減少を食い止められるといい。心から祈《いの》った。

しかし翌年、奈津子は女子部へ入らなかった。

不景気の煽りを受け、父親の勤める会社が倒産《とうさん》したのだ。

法律なんて勉強する暇があるなら、さっさと再婚《さいこん》して家を出るのが親孝行。二十七なら、立派に子を産める歳なのだから。親戚《しんせき》はそう因果を含め、奈津子を遠縁《とおえん》の男のもとへ嫁がせた。一郎はしばらく落《お》ち込《こ》んでいた。親掛かりの学生の身で、どうにもしてやれない歯がゆさに打ちひしがれていたのだろう。

明治大学女子部が設立された昭和四（一九二九）年の十月、アメリカの株価大暴落を機に大不況《だいふきょう》が始まっていた。

台湾銀行《たいわんぎんこう》でも深刻な影響が出ていたはずだが、家にいるときの貞雄は相変わらず恬《てん》淡《たん》としており、疲れた顔も見せない。

しかし同じ頃、世界恐慌《きょうこう》の大波が押《お》し寄《よ》せ、日本でもひたひたと不況《ふきょう》が広まっていった。外国と取引をしている企業《きぎょう》はおろか、地方の農村にまで影響は及《およ》び、農作物の価格が下落した。

奈津子の家だけではない。日本中の多くの企業が倒産し、それに伴《ともな》い失業者が町にあふれている。女子部のかつての同級生が離婚したのは、夫が失業して家で暴れるようになったから。一人で子どもを育てながら勉強するため、夜のお店で働き、体を壊したのだ。

嘉子は両親に学費を出してもらい、何不自由なく大学へ通っている。欲《ほ》しい参考書を買うのにためらうこともなく、仲良しの友だちとしょっちゅう若松であんみつを食べている。

が、世間には学費の問題で、進学を諦《あきら》めた者は多い。

武藤家にいる書生の中にも、働きながら勉強している人がいる。昼間は貞雄の口利《くちき》きで会社勤めをし、明治大学の夜間部へ通っている和田芳夫《わだよしお》がそうだ。去年、司法科試験二次の論述試験に落ちた水村辰彦もアルバイトを続けている。

自分が恵まれていることは、十分自覚しているつもりだ。そのことを引け目に感じてはいない。でも、きちんと知っておくべきだろう。

社会でどんなことが起きていて、人々が何に胸を痛め、泣いているのか。

幽霊が人を殺しても、殺人罪には問われない。法解釈の上で殺人は成立するが、実体のない幽霊を刑罰に処するのは不可能だから。死刑《しけい》になっても、既に死んでいる幽霊をもう一度死なせることはできない。

だとしたら、遺《のこ》された人はどうするのか。泣《な》き寝入《ねい》りするしかないのか。女子部時代の嘉子は考えた。もし殺されたのが一家の大黒柱だとしたら。犯人は罪に問われず、遺された家族は補償《ほしょう》も受けられない。理不尽《りふじん》な悲しみを抱え、経済的な困難に晒《さら》される羽目になる。

世の中にはそういうことがある。幽霊はただの比喩《ひゆ》。実際、法の下で泣いている人がいる。嘉子は弁護士になって、そういう人たちの力になりたい。

昭和十二（一九三七）年三月。

新入生の減少に歯止めがかからず、明治大学理事会は経営困難を理由に女子部の廃《はい》止《し》を決定した。

大学は春休みだった。

人づてに廃止決定の噂を聞きつけた嘉子は、母校へ駆けつけた。

事務室には頬の赤いおさげ髪《がみ》の女学生が、事務員に泣きついていた。

「今さら廃止と言われても困ります。やっと両親を説得して、願書を出したってのに」

女学生は泣きべそをかいていた。反対する両親に頭を下げ、ようやく入学の許しを得て、願書を出したところへ、女子部から来年度の新入生募集停止の知らせが届いたのだという。

「どうにかしてくださいさい、入学できないと困るんです」

「そう言われましても……。理事会の決定ですので」

「じゃあ、あたしはどうすればいいんですか。東京には、明治の他に女が入れる法科はないのに」

肌寒《はだざむ》い日で、事務室では火鉢《ひばち》がたかれていた。

嘉子が在学していた頃から勤めていた事務員は、弱り果てて頭をかいている。火鉢の熱とため息で、窓ガラスは真っ白に曇っていた。

入ってきた嘉子に気づくと、女学生は振《ふ》り向《む》いた。丸い頬に涙《なみだ》をこぼしている。震《ふる》える手で、新入生募集停止の知らせを握《にぎ》りしめている。

胸を衝《つ》かれ、嘉子は女学生のもとへ駆《か》け寄《よ》った。

「どこからいらしたの？　――まあ、小田原《おだわら》から。遠くから大変だったわね」

女学生は思いつめ、貯《た》めていた小遣《こづか》いをはたいて駆けつけたという話だった。

事務員が煎茶《せんちゃ》を運んできた。女学生は背を丸め、両手を目に当ててしゃくり上げている。女子部廃止は決定事項《じこう》であり、理事会は文部大臣へその旨《むね》を伝える書類を作っているところだという。

コートのポケットをさぐると、チョコレートが出てきた。

貞雄が取引先からいただいた舶来《はくらい》ものだ。中にねっとりしたリキュールが入っていておいしい。嘉子は女学生の手にチョコレートを握らせた。

女学生はあかぎれだらけの手で包みを広げた。

「――わあ、甘い」

チョコレートを口へ含むと、目を丸くする。

「こんなの初めて食べました。上等な味がします」

律儀《りちぎ》に感想を述べ、女学生は弱々しく笑った。しかし目尻《めじり》は涙で濡《ぬ》れている。

明治大学女子部へ願書を出したのは、東京に住んでいる身内が下宿させてくれるからだそうだ。廃止されれば、他に通える学校はない。東北帝国大学《とうほくていこくだいがく》や九州《きゅうしゅう》帝国大学、同志社大学《どうししゃだいがく》も女に門戸を開いているが、学費の他に下宿代が要《い》る。そんなお金はとても捻出《ねんしゅつ》できない。

女子部が廃止されれば、女学生は弁護士になる夢を諦めることになる。

理事会が女子部をつぶしたいのは、経営が成り立たないからだ。新入生が減り、授業料が入ってこなければ当然そうなる。

泣いている女学生を目の前に、嘉子は胸を痛めた。責任の一端《いったん》は自分にもある。

新入生が減ったのは、卒業生が不甲斐《ふがい》ないからだ。

弁護士法は改正されたが、いまだ司法科試験に合格した女は出ていない。

満州事変が始まり、国が軍事強化に向かっている中で、女に学問をさせる。いまだ成果を出していない中で、果たして女子部を存続させる意味はあるのか。理事会はそう考えているのだ。

「ねえ、あなた。どうして弁護士になりたいの？」

嘉子が問うと、女学生はすぐさま答えた。

「身内を助けてもらったことがあるんです」

聞けば、叔父《おじ》が逮捕《たいほ》されたことがきっかけだという。

叔父は経済的に困窮《こんきゅう》し、やむにやまれず近所で泥棒《どろぼう》を繰《く》り返《かえ》して逮捕され、裁判にかけられた。

父親とは十五離《はな》れており、叔父というより兄みたいなものだった。まだ独り身で同居していたから、小さい頃、仕事で忙しい両親の代わりに、叔父が面倒を見てくれた。やがて独り立ちした後、叔父は不況で仕事をなくした。家に戻ってくればよかったものを、遠慮して一人暮らしを続けて食べられなくなり、犯罪に手を染めた。同じ頃、女学生の父親も失業していたのだ。

泥棒したのは良くないことだ。しかし、女学生は叔父が悪人ではないとよく承知していた。力になりたかったが、子どもは口を挟《はさ》むなと言われ、叔父を訪ねることも禁じられた。

女学生は案じることしかできなかった。身内であるはずの父親や親類も、犯罪者となった叔父に冷たい。泥棒するほど窮《きゅう》していたことから目を背《そむ》け、あいつのせいで顔に泥を塗《ぬ》られたと悪口ばかり言っている。

そんな中、弁護士だけが叔父の味方をしてくれた。

父親から依頼した弁護士の名前を聞き出すと、女学生はこっそり事務所の住所を調べて訪ねていった。叔父のことを助けてほしいと頼むと、できる限りを尽《つ》くすと弁護士は約束してくれたという。

泥棒は罪だが、情状酌量《じょうじょうしゃくりょう》の余地がある。叔父はまだ若い。しっかり反省してやり直す機会を与《あた》えるべきだと、弁護士は叔父の将来を身内以上に心配していた。

裁判の結果、叔父は執行猶予《しっこうゆうよ》を認められた。約束通り、弁護士は頑張ってくれたのだ。

叔父は家に戻ってきた。今は新聞配達の仕事をして頑張っている。法律が改正され、女も弁護士になれると教えてくれたのはその弁護士だという。

「恩返しじゃないけど、わたしも困っている人の味方になりたいんです」

女学生は頬を紅潮させて語った。

感心した。嘉子より、よほど地に足のついた志望動機だった。

こういう人のために門戸が開かれなければならない。

昭和四（一九二九）年に設立して八年。結論を出すのは早計だと、嘉子は思っている。

ありがたいことに、講師陣の先生方は給与返上《きゅうよへんじょう》で授業を行うと宣言しているらしい。また、理事の中にも、私財から運営費を出してまで女子部の存続を応援《おうえん》してくれる方もいる。

反対運動が盛り上がっていることは、嘉子も耳にしていた。

卒業生の一人として、嘉子も女子部の事務局と話し合いをしたこともある。せっかく開いた扉《とびら》を閉ざしてはならない。女子部がなくなったら、このおさげ髪の女学生の夢は潰《つい》える。

司法科試験を受験するのは、もう一年先でいいと思っていた。まずは大学を卒業し、それからじっくり準備して、万全《ばんぜん》の態勢で臨《のぞ》みたいと考えていた。

火鉢がパチパチと静かに燃えている。嘉子は窓際《まどぎわ》へ行き、結露《けつろ》で曇ったガラスを手でぬぐった。

外を眺めると、桜の木が目に飛び込んできた。蕾《つぼみ》が枝先についたばかりなのに、ほんのり薄紅《うすべに》色に上気しているように見える。

曇《くも》り空《ぞら》のもと、灰色にくすぶる景色の中で、そこだけ淡《あわ》く光っている。もう春はそこまで来ているのだ。今は硬《かた》く小さな蕾をつけているきりだが、いずれ確実に花は開く。桜はそのつもりで、寒空の下でいつ春になってもいいよう心積もりをしている。

それと同じこと。

決めたわ。

嘉子は司法科試験を一年前倒《まえだお》しで受けることにした。

3

昭和十三（一九三八）年、不況はいっそう深刻さの度合いを増した。

四月一日には国家総動員法が公布され、国民経済と生活は政府の統制下に置かれることになった。

灯火管制規則が施行《しこう》され、繁華街《はんかがい》の明かりも消えた。新聞には不況の文字が躍《おど》り、暗い記事が紙面の大部分を埋《う》めるようになった。

そんな中、武藤家は相変わらず賑やかだった。

しっかりした職についている貞雄のおかげで経済的に困ることもなく、食卓《しょくたく》には変わらずおいしいものが載《の》った。司法科試験を控える嘉子のため、すき焼きやらカツレツやら、精のつく料理が並び、相伴《しょうばん》にあずかる弟たちまで色艶《いろつや》のいい顔をしていた。

このところ信子は暇を見つけては、浅草観音《あさくさかんのん》や巣鴨《すがも》のとげ抜き地蔵《じぞう》へ行き、お守りをもらってくる。

言わずもがな、嘉子の合格祈願《きがん》のお守りである。信子は「自分が代わりに受けてやれないから」と、寺社仏閣へせっせと通い、猛勉強する娘の学業成就《じょうじゅ》を祈願していた。

お守りだけではない。計画を一年前倒しして、大学を卒業したらすぐに司法科試験を受けると宣言したら、信子はだるまを買ってきて、家族でいつも食事をしている座敷の床《とこ》の間《ま》に置いた。

これがまた、実に恐《おそ》ろしい形相のだるまなのだ。とても言えないが、体格や口の辺りが少しばかり、怒《おこ》ったときの信子に似ている。

そのせいか、一郎が不平を唱えた。

「何だか落ち着かないな」

食事をするとき、長男の一郎は長女の嘉子の隣《となり》に座るから、同じくだるまに睨まれる格好になるのだ。たぶん一郎も、嘉子と同じことを考えているはず。

片目だけ黒々と墨《すみ》を入れられただるまは、両手で抱えても余るほど大きく、床の間にでんと座っている姿が、小さい信子のようだった。末の弟の泰夫《やすお》など、怖がって、なるべく見ないよう避《さ》けている。

自分は恵まれていると、つくづく思う。

一年前倒しで司法科試験を受けると言っても、信子は驚かなかった。

「そう。わかったわ」

あっさりとうなずき、平然としていた。

「止めないの？」

不思議に思って訊くと、

「止めてほしいの？」

もっと不思議そうに訊き返された。

「司法科試験を受けるために法科へ入ったんでしょう。いずれ試験を受けることはわかりきっていること。準備ができたのなら受けなさい。そのほうが、一年早く弁護士になれるじゃないの」

女子部の事務室であったことを、嘉子は話さなかった。

話さなくても、信子はきっと何かあったのだと察していたはずだ。聞き出そうとしないのは、嘉子を信じてくれているからだろう。

貞雄も同じだった。

その晩、部屋で勉強していたら、入ってきて言った。

「受験するそうだな」

「無謀《むぼう》だと思うでしょう」

「なんだ、自信がないのか」

貞雄は腕を組み、嘉子の目を覗《のぞ》き込《こ》んだ。

「本当は来年受けるつもりだったから。もちろん全力は尽くすつもりだけど」

「ふむ。記念受験の気でいるなら止《よ》しなさい」

いつになく厳しい言葉に面食らった。貞雄は静かな目で嘉子を見た。

「法改正にどれだけの人が関わったと思っている。生半可な気持ちで挑戦するのは失礼だ」

居たたまれずに目を伏せる。

「受験するなら、絶対に受かる自信を持って臨みなさい。うちからは司法科試験に合格した書生が何人も出ている。お前が本気なら、試験勉強を手伝ってもらおう」

「いいの？」

「ああ。彼《かれ》らも喜んで手伝ってくれるだろう。人に教えることは自分の勉強になるからな」

「それって、どういうこと」

「うん。自分ではわかっているつもりのことでも、いざ人に説明しようとすると、うまくできないことがあるだろう。本を読んで意味がわかるのと、素人《しろうと》にわかるよう説明できるのは違う。人に説明するには曖昧《あいまい》な知識では足りない。もっと深く理解していかないと、ちゃんと説明することはできないんだ。素人を相手にすると、それが如実《にょじつ》にあらわれる。それに気づくことが、より深く学ぶきっかけになる。だから、邪魔《じゃま》にはならん」

さっそく貞雄は何人かに連絡《れんらく》を取り、かつての書生が嘉子の家庭教師になった。試験合格者のアドバイスは有益だが、教わるだけでは甘いと思い、第一の関門の筆記試験の対策に、自分でノートも作った。

わら半紙を二つ折りにして、過去の試験問題と答えを対比させる。一問一答方式で覚えるまで、ひたすら繰り返す。

大学の行き帰りにも持参して、バスの中でノートを開いた。この年は仲間たちとの若松通いも控え、ともかく朝から晩まで勉強した。さすがにお風呂《ふろ》には持って入らなかったけれど、夢には出てきた。

「いい方法を思いつきましたなあ」

嘉子の編み出した一問一答ノートを見て、裁判官になったかつての書生は感心した。

「よくできていますよ。この一冊をしっかり覚えれば、かなりの確率で合格できると思いますね」

そう言ってもらえると、少しは気が楽になる。

三月に理事会が文部大臣へ提出した、女子部廃止に関する書類は四月にいったん取り下げとなった。反対運動が盛り上がり、自身の給与を返上しようという教授がいる中で、強行突破《とっぱ》しては禍根《かこん》を残すと考えたようだ。

が、あくまで猶予をもらえたに過ぎない。新入生の数が下落の一途《いっと》をたどれば、女子部の経営が頓挫《とんざ》するのは必至。理事会の考えを覆《くつがえ》すには、卒業生から司法科試験の合格者を出して流れを変えるしかない。そのために嘉子は合格したかった。いや、するのだ。絶対に。

佐夜子たちには無謀だと言われた。

「気持ちはわかるけど。意地を張って、辛《つら》い思いをするのはあなたよ」

「まだ大学で勉強中の身で受験するなんて危険だわ。もし落ちたら、却《かえ》って理事会の思《おも》う壺《つぼ》じゃない」

文枝も真知も、猛勉強している嘉子を案じている。たぶん、三人は司法科試験を受けない。弁護士になろうと誓い合っていたことも、今となっては昔話みたいだ。

「ありがとう。でも平気よ」

我ながら不思議だが、落ちる気がしない。

日々の積み重ねで、着実に知識が蓄《たくわ》えられていく実感があった。このままいけば、たぶんうまくいく。

勉強に疲れたときは、おさげ髪の女学生の顔を思《おも》い浮《う》かべる。

自分のための努力は怠け心が生じやすいが、人のためなら無理もできる。彼女が女子部に入れるように、是《ぜ》が非にも合格したかった。女子部の卒業生から司法科試験の合格者を出して、堂々と理事会を納得《なっとく》させたい。


昭和十三（一九三八）年三月、嘉子は明治大学法学部を首席で卒業した。

司法科試験の猛勉強のおかげで、大学の成績も伸びたのだ。

卒業式には貞雄と信子も出席した。総代として卒業証書を授与《じゅよ》され、温かな拍手《はくしゅ》を浴びた。入学したときには数少ない仲間と連帯していないと、心細くてたまらなかった嘉子が男子を含めてすべての学生の中でトップの成績を修めた。

誇らしかった。明治大学で過ごした三年間で、男子学生の友だちもできた。

司法科試験に合格する前から、嘉子の成績が図抜けて優秀であることは学生の間で広く知られていた。試験のとき、前後左右の男子学生が鉛筆《えんぴつ》で突《つ》いてきては、カンニングさせてくれと両手で拝んできたことも懐《なつ》かしい。

筆記試験に合格した後、同じ年の十月に口述試験を受け――、昭和十三年十一月に嘉子は己に誓った通り、司法科試験に合格した。

日本初の女性弁護士の誕生である。

嘉子の他に、同じ明治大学法科の田中正子《たなかまさこ》、久米愛《くめあい》も合格した。発表の翌日の新聞では三人の笑顔《えがお》が紙面を飾った。

当時、前年に始まった日中戦争や大不況の影響で、世間の雰囲気はいたく暗かった。そうした中、三人の女性が見事難関を突破したのは明るいニュースだった。

母校の女子部の教授陣も大喜びしてくれた。これで存続が決まったと、数々の感激の声が届き、三人を囲む祝いの席が催《もよお》された。

女子部時代にお世話になった教授陣は、皆満面の笑《え》みだった。

「いやあ、天晴《あっぱ》れ」

民法でお世話になった穂積重遠《ほづみしげとお》先生は、新聞の見出しの「天晴れ女弁護士の栄冠《えいかん》」を引いて、嘉子たちを祝福した。

思えば昭和八（一九三三）年に弁護士法が改正され、旧法の「成年以上ノ男子タルコト」から「男子」が削除《さくじょ》となり、「成年者タルコト」に変わった新法施行後、わずか二年で女性弁護士が三人も誕生したのである。改正に携《たずさ》わった法律界の面々や、女子部を支える教授陣にとっても、嘉子たちの合格は大きな成果となり、ほっと一息つかれたことだろう。

ご恩に報《むく》いることができて良かった。

お酒が入って赤くなった教授陣の顔を見て、嘉子はつくづく思った。猛勉強が実ったこと以上にそのことが胸に染《し》みる。

おさげ髪の女学生からも、お礼の手紙が届いた。

女子部の事務局より転送されてきた手紙には、春から親戚の家に下宿して、女子部へ通う運びになったと書かれている。木訥《ぼくとつ》とした字はところどころ涙でにじんでおり、いじらしいほどの興奮が伝わってきた。

嘉子が合格した昭和十三年、女子部の法科の生徒は十六名だった。それが翌年の昭和十四（一九三九）年には四十四名に、十五年には七十一名に膨《ふく》れあがった。いずれまた嘉子たちに続く新たな女性弁護士が誕生するのは間違《まちが》いない。

そうすれば、いつか嘉子が弁護士を辞めても、すぐに代わりが見つかるだろう。

女子部で三年、大学の法科で三年。ずっと弁護士を目指してきた。

けれど、いざ資格を手にしてみたら、さらに別の目標ができたとは、さすがの嘉子も少々言いにくい。

「裁判官になりたいですって？」

家で打ち明けると、信子は目を剝《む》いた。

「まだ弁護士の仕事を始めてもいないじゃないの。それなのに、まあ——」

司法科試験に合格したら、一年半、弁護士補として働くことになっている。

嘉子は丸の内にある法律事務所に入り、先輩《せんぱい》弁護士について仕事のいろはを学ぶ。共に合格した田中正子と久米愛も同じく丸の内の事務所に入ることが決まっているから、お昼は一緒に近くのレストランで食べようと盛り上がっていた。

あの辺りにはお洒落《しゃれ》な店がたくさんあるから、日替《ひが》わりで回るのもいい。お仕事が終わったら三人で待ち合わせをして、丸ビルでのショッピングやお堀端《ほりばた》での散歩を楽しもうと話している。

指導役の弁護士は、温厚《おんこう》そうな紳士だ。一年半の間、しっかり傍にくっついて、様々な教えを乞おうと張りきっている。

それは、それとして。

嘉子はもう次の夢を追いかけていた。

「さては、あれか。『但《ただ》し帝国男子に限る』に腹を立てたか」

腕組《うでぐ》みをしていた貞雄が、ふとつぶやいた。

「さすがパパ。ご名答だわ」

嘉子は思わず手を拍《う》った。

「何です、それ」

「高等文官の募集要項《ようこう》だよ」

貞雄が信子に顔を向ける。

「弁護士法が改正され女も司法科試験を受けられるようになったが、裁判官や検察官になれるのはまだ男だけなんだ。司法科試験の受験会場には募集公告が出ているから、嘉子はそれを見たんだろう」

その通り。嘉子は司法科試験の会場の、司法官試補の募集の貼《は》り紙《がみ》を見て、腹を立てたのだった。

男と同じ試験に合格しても、女は判事や検事になれない。弁護士法が改正されてもなお、まだこんな不合理が残っている。

「まあ、いいだろう。好きなようにしなさい」

貞雄は愉快《ゆかい》そうに肩を揺すった。

「嘉子なら裁判官にもなれるさ」

「もう、すぐにそうやって甘やかして――。法律の通りなら、嘉子には応募資格がないじゃありませんか」

信子は渋《しぶ》い顔をしたが、すぐに思い直したように言った。

「でも、いいかもしれないわね。弁護士法も変わったんだもの。そのうちそちらも変わるんでしょう。それに役人なら不景気にも強いもの。このままお見合いの口が見つからなくても、食べるのに困ることはないわね」

賛成してくれたのは結構だけど、やはりその話になるのか。

まあ、信子の懸念《けねん》もわかる。日本初の女性弁護士と新聞で持ち上げられても、一人の女性としては、相変わらず法律を勉強する女は不人気なのだ。

かつて信子が案じたように、嘉子に世間で言うところの「良い縁談《えんだん》」は来なかった。

お茶の水高女の同級生はとうに結婚して、母親になっている者も多い。良いお相手は既に売れているのだ。稀《まれ》に新聞記事を読んで、ぜひに、と嘉子を嫁《よめ》にもらいたがる男もいたが、そう言う男に限って、信子のお眼鏡にはかなわない。

嘉子は勉強している間に二十四歳《さい》になっていた。弁護士としてはピヨピヨしたひよこだが、結婚前の女としては少々薹《とう》が立っている。

でも、ちっとも気にならない。毎日忙しくやっているから。

大学に通っていた頃より、一時間は早起きして市電で丸の内の事務所へ向かい、ときには夜遅《よるおそ》くまで仕事をする。同期の田中正子や久米愛とは仲良くしており、しょっちゅう一緒に流行《はや》りのレストランでお昼を食べている。

口紅を引くことを覚え、仕事に行くときにはヒールのついた靴《くつ》を履《は》く。

毎日が忙《せわ》しなく、あっという間に時間が過ぎる。

朝晩の通勤時、市電の窓ガラス越《ご》しに外の景色を眺めていると、司法科試験を目指していた水村辰彦をときおり思い出す。よく貞雄に家族麻雀の付き合いをさせられていた。辰彦は何度か司法科試験に挑戦したが、とうとう合格できずに郷里へ帰っていった。

今は地元で中学教師をしているという。嘉子の顔写真が方々の新聞に載った後、かつての書生から何通も称賛《しょうさん》の手紙が届いたが、辰彦からは何の音沙汰《おとさた》もなかった。

その代わり――。

「お待たせ」

約束の時間に映画館へ行くと、芳夫が先に来ていた。嘉子に気づいて帽子《ぼうし》を脱ぎ、ぎこちなく会釈《えしゃく》する。

「ごめんなさい、遅《おく》れちゃって」

「いや、わたしも今来たところだから」

そう言うが、芳夫の鼻の頭には汗が浮いている。今日は梅雨の晴れ間で、朝から蒸《む》し蒸ししている。嘉子は半袖のワンピースだから涼しいが、ジャケットの芳夫は暑そうだ。足下《あしもと》も革靴《かわぐつ》で、まるで会社に行くみたい。

真面目なんだから。思わずくすりと笑うと、芳夫が顔を赤くした。狼狽《ろうばい》したふうに、手のひらで顔を触《さわ》る。

「何にもついてないわよ」

芳夫は休みに家へ顔を出すときも、決まってちゃんとした格好をしている。真面目なのだ。この性分《しょうぶん》だから、きっと会社でも好かれているだろう。

「ここは暑いから、中へ入りましょうよ」

自分から誘ってきたくせに、ちっともリードしてくれないのがもどかしく、嘉子は芳夫の腕を取った。

『駅馬車』のチケットが余っているから、良かったら、と言われたのは十日前のこと。

家で嘉子がジョン・ウエインが素敵《すてき》だと話したのを覚えていて、映画が封切《ふうぎ》りになってすぐに買ったのに違いない。チケットが余っているなんて、今さらそんな言い訳をしなくてもいいのに。

嘉子が司法科試験に合格した後、芳夫と二人で会うようになった。「お祝いしたいから」とレストランへ連れていってもらったのが最初だった。といっても昼食だ。夕方、暗くなる前には家に送り届けられた。

以来、清く正しい付き合いを続けている。

隣同士の席で映画を観ている間も、芳夫は姿勢を正して固くなっていた。うっかり肘《ひじ》が触《ふ》れようものなら「すみません」と大慌《おおあわ》てで謝《あやま》り、いいシーンで声を出したことに気づいて、もっと慌てて口を閉じる。

おかげで、ちっとも映画の内容が頭に入らなかった。でもいい。スクリーンのジョン・ウエインより、隣で汗をかいている人のほうが好ましい。芳夫は映画の後、資生堂パーラーでアイスクリームをご馳走《ちそう》してくれた。

「おいしいわね」

「ああ、うん」

かちんこちんに緊張《きんちょう》した顔で、匙《さじ》を口に運ぶ芳夫を見ているだけで楽しい。

家の座敷より距離《きょり》が近くて照れているのだ。嘉子が女学生の頃から家にいて、何年も同じ屋根の下で暮らしていたのに、こうして外の店で向かい合うのは新鮮《しんせん》だ。

「この後、家に来るでしょう？」

「……ご迷惑でなければ」

「迷惑なものですか。そのつもりで、和田さんと一緒に帰るって話してあるもの」

「そうなんだ」

「きっと和田さんの好きなおかずが出るわよ」

「じゃあ、お邪魔させてもらおうかな」

鈍《にぶ》い人。一緒に帰ると言った意味を、ちっともわかっていない。

何度も二人で会っているのに、いつまで経《た》っても書生の立場から踏《ふ》み出《だ》してきてくれない。嘉子が司法科試験に合格するまで、気のある素振《そぶ》りも見せなかった人らしいと言えば、そうだけど。

昭和十五（一九四〇）年十二月、一年半に及ぶ見習い期間を無事修め、嘉子は第二東京弁護士会に弁護士登録した。ようやく芳夫からプロポーズされたのはその日のことだった。

待ちわびていた嘉子は上目遣いを作り、芳夫を見上げた。

「やっと言ってくれたのね」

「え？」

「うちでは、もう結納《ゆいのう》の支度《したく》を進めているわよ」

そう。嘉子だけではない。娘より早く芳夫の秘めたる思いに気づいた信子が、今か今かと芳夫の言葉を待っていた。もし今日もなければ、催促《さいそく》するつもりでいたのだ。いつまで待たせるつもりなのかと。

嘉子はもう二十六。世間に言わせれば、とっくに行き遅れだ。でも、芳夫はそんなことを言わない。日本初の女性弁護士だからと、特別な目で見ることもない。そこがいい。

翌年の昭和十六（一九四一）年。

結納を交《か》わし、芳夫は嘉子の許嫁《いいなずけ》となった。前から家族同然だったけれど、本当に家族となる。

同じ年、太平洋戦争が勃発した。

米英をやっつけろと国中が興奮に沸《わ》く中で、嘉子は芳夫という伴侶《はんりょ》を得て、人生の新たな局面を迎えた。

第三章　嘉子の新婚生活

1

　白無垢《しろむく》に身を包み、錦《にしき》の袋帯《ふくろおび》を締《し》めてもらっている間、嘉子《よしこ》は姿見に映る己《おのれ》の顔を眺《なが》めていた。

「なあに。どうして笑ってるの」

　訝《いぶか》しげな信子《のぶこ》と鏡越《ご》しに目が合った。

「ずいぶん大きな鬘《かつら》だと思って、つい。こんなものをかぶったら、わたしの丸顔がよけいに目立っちゃう」

「文金高島田《ぶんきんたかしまだ》なんだから当然ですよ。いいじゃない。丸くてぽっちゃりしているところが、嘉子は可愛《かわい》いんだから。——ねえ」

　信子の傍《かたわ》らで、仏頂面《ぶっちょうづら》の貞雄《さだお》がうなずく。

「もう、そんな顔をしないでくださいな。せっかくの、嘉子の晴れの日なのに」

いつもなら軽口を叩《たた》くところ、貞雄はいつになく不機嫌《ふきげん》だった。いよいよ嘉子が嫁《よめ》にいくからだろう。相手が馴染《なじ》みの芳夫《よしお》で、人品骨柄《じんぴんこつがら》に不満はなくとも、それとこれとは別らしい。やっと行き遅《おく》れの娘《むすめ》が片付き、安堵《あんど》している信子とは好対照だ。

昭和十六（一九四一）年十一月五日、嘉子は和田《わだ》芳夫と結婚《けっこん》した。

嘉子は二日前に誕生日を迎《むか》え、二十七歳《さい》になった。

芳夫は武藤《むとう》家で長く書生をしていた縁《えん》で、貞雄や信子はもちろん、弟たちとも懇意《こんい》にしている。この縁組《えんぐ》みを家中が喜んでいた。芳夫なら間違《まちが》いない。貞雄や信子と同じ香川県出身、丸亀《まるがめ》中学卒業生で、貞雄の中学時代の親友の甥《おい》という縁もある。

何より、信子が芳夫を信頼していた。

——夫にするなら、優《やさ》しくて誠実な人が一番。

縁組みが決まったとき、言われた。

日本初の女性弁護士として、新聞では華々《はなばな》しく持ち上げられたが、嘉子にめぼしい縁談《えんだん》は来なかった。記事の中では褒《ほ》められても、実際には、男と競《きそ》って司法科試験を受け、弁護士になろうという野心家の女は避《さ》けられた。お茶の水高女出の妻を求める男とは、相性《あいしょう》が合わないのだから仕方ない。

強がりではなく、その手の縁談に恵《めぐ》まれなかったのは幸いだ。おかげで、いい人と添《そ》えた。信子に言われるまでもなく、嘉子はこの良縁《りょうえん》に感謝している。

芳夫は娘時代《むすめじだい》から嘉子を見ている。明治の女子部へ進むと我を通し、信子と衝突《しょうとつ》したことも、だるまに睨《にら》まれながら猛勉強《もうべんきょう》していたことも知っている。内輪の顔をさんざん見られてきたのだから、今さら気取る必要もない。

いつから芳夫に好意を寄せていたのか、自分でもよくわからない。少なくとも初恋《はつこい》ではなかったが、いつからか家に顔を出すのを心待ちにするようになった。芳夫の傍《そば》にいると楽で、自分らしくいられるのがいい。

もとより口数の少ない人で、二人で一緒《いっしょ》にいるときも話すのはほとんど嘉子ばかり。なのに、居心地《いごこち》が悪くない。

結婚式《けっこんしき》に駆《か》けつけた両親も無口な人たちだった。武藤家の身内が居並ぶ横で、二人は恐縮顔《きょうしゅく》で小さくなっていたが、どことなく漂《ただよ》う雰囲気《ふんいき》が温かいのが、息子《むすこ》と似通っていた。

満州事変以降、世間では華美《かび》なものを避ける風潮が続いていた。結婚も例外ではない。嘉子と芳夫も身内だけでささやかな式を挙げることにした。

娘の花嫁《はなよめ》姿を世間に広くお披露目《ひろめ》できなかったことを、ご時世ゆえ仕方ないとはいえ信子はひどく残念がったが、司法科試験の合格でさんざん世間の注目を浴びた嘉子は、これで良かったと思っている。引《ひ》っ込《こ》み思案《じあん》の芳夫にとっても、大勢の人の前で金屏風《びょうぶ》の前に座《すわ》らされずに済んで一安心だったに違《ちが》いない。

記念写真を撮《と》るとき、芳夫と二人で並んだ。

背丈《せたけ》はともかく、嘉子のほうが顔は大きい。おまけに文金高島田で武装しているために、それがよけいに際立《きわだ》つ。もとより女にしては背が高く、身幅《みはば》もたっぷりしている。これでは中肉中背の芳夫より、嘉子のほうが前にいるみたいに見えやしないか、内心ハラハラしてしまう。

ただでさえ控《ひか》えめな人だ。支度《したく》部屋から白無垢であらわれた嘉子を、芳夫は棒立ちで迎えた。結婚式を迎えてもなお、いまだ嘉子は嫁というより武藤家のお嬢《じょう》さんという感覚なのか、カメラマンがいくら指図しても、遠慮《えんりょ》して一歩後ろへ身を退《ひ》こうとする。

「もっと寄《よ》り添《そ》ってください。花嫁さんは控えめに、頭を少々うつむけて、少し下を向きましょうか。ご主人は正面を向いて――、ご主人、もっと花嫁さんの近くに寄りましょう。ああ、下を向かないでください」

写真を撮ってもらうこと自体、芳夫にとっては不慣れなことのようで、たった一枚を撮るためにずいぶん手間が掛《か》かった。

重い鬘をかぶっているこちらとしてはたまらない。シャンとしなさいな。たかが写真一枚じゃないのと、つい口を挟《はさ》みたくなって顔を上げると、途端《とたん》にカメラマンから叱《しか》られる。

「駄目ですよ。花嫁さんは顔を上げないでください。もうちょっと、うつむき加減で。慎《つつ》ましやかに旦那《だんな》さんへ寄り添ってください」

花嫁が顔を上げてどこが悪いの。毒づきたいところだが、芳夫や両親の手前、従っておく。

写真を撮り終わると、芳夫は大汗《おおあせ》をかいていた。よほど緊張《きんちょう》したらしく、顔が引きつっている。

「駄目よ」

それはいいが、衣装《いしょう》の小道具として右手に握《にぎ》らされた白い手袋《てぶくろ》で、顔を拭《ふ》こうとしたのを見て、嘉子は慌《あわ》てて手で制した。

「――あ」

袂《たもと》に仕込《しこ》んでおいたハンカチを差し出すと、芳夫が己の失態に気づき、決まり悪そうに笑う。黒縁眼鏡《くろぶちめがね》の奥《おく》の細い目がほころび、引きつっていた頬《ほお》がふっと緩《ゆる》んだ拍子《ひょうし》に、口《くち》の端《はし》に八重歯が覗《のぞ》いた。

長い付き合いだ。芳夫に八重歯があることは、もちろん前から知っている。けれど、このとき初めて、芳夫の素の顔に出合ったような気がした。口を閉じていると、いかにも堅物《かたぶつ》なお役所顔だが、笑うと意外と人懐《ひとなつ》っこい印象に変わる。

額の汗を拭いた後、芳夫はハンカチを手に思案する様子を見せた。自分の汗で汚《よご》れたものを嘉子に返していいものか、このまま持っておくべきか、逡《しゅん》巡《じゅん》しているのだろう。

いちいち遠慮しているさまが焦《じ》れったい。いいから返してくださいと、嘉子は手のひらを広げ、芳夫からハンカチを受けとった。そのときも八重歯が覗き、くすぐったい気持ちになった。

芳夫が武藤家に来たのは、嘉子がお茶の水高女に通っていた頃《ころ》である。思えば十年以上に亘《わた》る長い付き合いだ。書生の中には早々につながりが切れる人や、年賀状のやり取りだけになってしまう人がたくさんいたが、芳夫とは縁が続いた。

食事に来るようにと、信子が電話で呼び出していたらしい。家には芳夫用の箸《はし》と茶碗《ちゃわん》もある。そういう書生は他にもいたが、芳夫の場合はいつまでも途《と》切《ぎ》れなかった。嘉子が法律を勉強すると言い出したときから、信子はいずれ娘の亭主《ていしゅ》にと、ひそかに白羽の矢を立てていたのかもしれない。振《ふ》り返《かえ》って思う。

芳夫が写真を撮られるのを苦手としているのは、今に始まったことではない。結納《ゆいのう》の後、一家全員で記念写真を撮ったときもこの調子だった。武藤家は子どもが五人もいるから、横へ一列に並ぶとはみ出してしまう。ゆえに前の列には貞雄と信子、その両脇《りょうわき》を長女の嘉子と長男の一郎《いちろう》が固め、後ろに三人の弟が並ぶのが慣わし。芳夫は遠慮して、中々輪の中へ入ってこなかった。

——姉さんの旦那さんになるんだから。

一郎が前の列を譲《ゆず》ろうとしても、かぶりを振《ふ》る。

——後ろが落ち着くんです。

と、はにかんで後ろへ引《ひ》っ込《こ》んでしまう。ならば、と嘉子が隣《となり》へ並ぼうとすると、

——いや、君は前に。

意外な頑固《がんこ》さで言い張り、頑《がん》として前に出てこない。このときのことは、今もよく憶《おぼ》えている。

ひょっとして隣に並ぶのが嫌《いや》なのかしら、結婚するのも武藤家への恩返しのつもりで、内心では歓迎《かんげい》していないのかもしれない。プロポーズが遅《おそ》くてヤキモキしていたことまで思い出し、すっかり不安になってしまったせいで、この写真の嘉子は硬《かた》い顔で映っている。

後で聞けば、単純に写真を撮られるのが苦手だっただけのことで、嘉子の杞憂《きゆう》とわかり、ほっと胸をなで下ろしたことも今となっては懐《なつ》かしい。

結婚式の後、芳夫と二人で麻布笄町《あざぶこうがい》の家から池袋《いけぶくろ》のアパートに移った。

「芳夫くんが家へ越《こ》してくればいいじゃないか」

と、貞雄は寂《さび》しがったが、「新婚《しんこん》さんの邪魔《じゃま》をしないの」と信子が押《お》し切《き》って二人暮らしすることになった。若かりし頃、丸亀の郷里の家を出て、夫婦《ふうふ》だけで過ごしたシンガポールの日々の甘《あま》さを、信子はいまだによく憶えているのだ。

池袋のアパートは、新婚の夫婦が住むのに似つかわしい、真新しい物件だった。壁《かべ》が薄《うす》く安普請《やすぶしん》だが駅までは歩いて五分足らずなのが助かる。嘉子が勤めている虎《とら》ノ門《もん》の事務所への便も良く、それが決め手で借りることにした。

「君は早起きが苦手だろう」

自分の勤め先からは遠くなるのに、芳夫は嘉子の交通の利便性を優先した。普通《ふつう》の妻なら遠慮するところかもしれないが、嘉子はありがたく厚意《こうい》に甘えることにした。娘時代から宵《よい》っ張《ぱ》りの寝坊助《ねぼすけ》で、学生時代はいつも遅刻《ちこく》すれすれだったことは、芳夫も承知しているのだ。

笄町の家は裏手にすぐ市電が走っており、どこへ行くにも便利だった。ぎりぎりに起きて、信子の持たせてくれたお弁当を手に、ぱっと市電に飛び乗れたときとは違う。

新米弁護士が遅刻するわけにはいかず、結婚してから嘉子の朝は早くなった。下手なりに芳夫と二人分の食事をととのえ、洗濯《せんたく》をして、お弁当も作っている。

昭和十八（一九四三）年一月一日、結婚して一年余りで、嘉子は男の子を産んだ。元日生まれのめでたい子だ。母の嘉子同様、産声《うぶごえ》が立派だった。忙《いそが》しい母を思ってか、仕事が休みのお正月を狙《ねら》って産まれてきたとは、ずいぶん親孝行な息子だと感心する。

名は芳武《よしたけ》。

芳夫と武藤から一文字ずつ取った。

和田家の嫁になった嘉子は遠慮したが、芳夫は譲らなかった。「ぼくは武藤家の温かな家風が大好きなんだ。この子にも、その良さを受《う》け継《つ》いでほしい」と、めずらしく強く主張したのだ。

嘉子は二十八歳で母になった。産むまでは仕事と家庭を両立できるか不安だったが、産んでみたら、さっぱり弁護士の仕事がなくなっていた。

司法修習を終えた後、嘉子は丸の内の事務所から虎ノ門の事務所へ移った。紹介《しょうかい》してくれた司法修習先の先生の顔をつぶさないよう、精一杯《せいいっぱい》務めるつもりで婦人向けの法律相談会を開いて張りきっていたのだが、太平洋戦争が始まってからは、私的な争いをするのはどうかという風潮が高まり、すっかり民事裁判を起こす人が減ってしまった。

せっかく弁護士になったのはいいが、こう仕事がなくては廃業《はいぎょう》かと案じていたところへ母校の明治女子部から声が掛かり、民法を教えることになった。

こんな状況《じょうきょう》でも、弁護士を目指して奮闘《ふんとう》している後輩《こうはい》たちが頼《たの》もしい。

昭和十五（一九四〇）年には法科に入学した生徒が七十一名、今年もほぼ同数の六十八名が入学している。

嘉子たち三人の後にも、明治の女子部から司法科試験の合格者が数名出ている。

「和田先生！」

校舎へ行くと、すかさず生徒が寄ってくる。

初めての女性弁護士として新聞にもたびたび取り上げられたおかげで、後輩たちには慕《した》われた。強敵の米英との戦争で緊迫《きんぱく》している世の中だが、狭《せま》い木造校舎の中にはいつも笑い声があふれている。世界が暗くても、夢を追いかける者は、胸のうちが希望で明るく燃えているのだ。

嘉子と芳夫は話し合い、芳武を連れて笄町の家に戻《もど》った。

初孫《はつまご》を毎日思う存分可愛がれるとあって、貞雄と信子は大喜びだった。

一郎が結婚して家を出たこともあり、嘉子たちは大いに歓迎された。下の弟たちもそれぞれ大学や高校で下宿しており、広い家に夫婦二人で寂しかったようだ。

この頃《ごろ》は芳夫も夫らしくなってきた。相変わらず口下手ながら、嘉子の前ではよく八重歯を見せる。

「今日の弁当に入っていた肉じゃが、生煮《なまに》えだったよ」

やんわりと注文をつけることも覚えた。

「芽も取れてなかった」

「あらそうだった？　おかしいわね、そんなはずないんだけど」

そう口で返しつつ、胸のうちでぺろりと舌を出す。本当は味見して「しまった」と思っていたのだ。

ちゃんと料理の本を見て作ったのだが、いくつか手順を省いたのがいけなかったのかもしれない。芽を取るのもその一つ。煮《に》るのも中火でとろとろ十五分のところ、強火で五分に短縮したのがいけなかったか。

「君は食べなかったのかい？」

「ええ。今日は事務所の先生たちと会食の約束があって」

「さては、自分は食べないから手を抜《ぬ》いたな」

「嫌ねえ、そんなことないわよ。次から気をつけます」

芳夫は良《い》い夫だ。温厚《おんこう》で辛抱強《しんぼうづよ》く、嘉子の仕事にも理解がある。

そもそも笄町の家に戻ろうと言い出したのも芳夫だった。貞雄と信子がいては気苦労だろうに、自分が折れて、嘉子が仕事をしやすいよう何かと慮《おもんぱか》ってくれる。

「君は子育てと仕事で忙しいんだから。無理して弁当を作らなくていいんだよ」

とはいえ、不出来な料理には音《ね》を上げているようだけど。

「そんなこと言って。わたしの作るお弁当がまずくて困っているんでしょう」

「いやいや」

「嘘《うそ》をついても無駄《むだ》よ。顔に書いてあるんだから」

「嘘なんかついてないよ。――おっと、芳武が泣き出した」

「もう！」

夫婦で過ごすときはいつもこんなふうだった。たわいもない話で笑い合い、辨町の広い家に戻ってきたのに、娘時代に嘉子が使っていた部屋で始終くっついていた。

女子部で教えていると、授業の後で質問を受け、帰宅が遅くなることがある。そういう日の夕飯は手抜きで、アイロンがけも後回しになる。それでも芳夫は不平をこぼさなかった。ときにはご飯を炊《た》いて、待っていてくれることもある。お襁褓《むつ》を替《か》えるのも上手《うま》い。

芳夫と過ごす時間は穏《おだ》やかで、ぬくぬくとした日溜《ひだ》まりの中にいるみたいだ。

娘時代、嘉子は丸顔ぽっちゃりがコンプレックスだった。人には褒められても、ほっそりとした痩《や》せ形に憧《あこが》れていた。結婚前には中肉中背の芳夫の隣に立つのだからと、減量もした。

――君はふっくらしているところがいいんだ。

でも芳夫にそう言われてから、嘉子は自分の顔と体が好きになった。出産してからさらに目方が増え、娘時代に着ていた服はどれも幅《はば》を出すことになったが、それもまた幸せの証《あかし》と思っている。

2

しかし、幸せな日々は長く続かなかった。

昭和十九（一九四四）年二月、武藤家の笄町の家が軍の命令で引《ひ》き倒《たお》された。空襲《くうしゅう》を防ぐためと言われ、嘉子たちは赤坂《あかさか》の高樹町《たかぎちょう》へ慌ただしく引《ひ》っ越《こ》した。

それだけではない。

同じ年の六月には芳夫に赤紙が届いた。

出征《しゅっせい》のとき、芳武は一歳半だった。靴《くつ》を履《は》いて上手に歩けるようになり、言葉も「パパ、ママ」から始まり、日増しに達者になってきていた。

「すぐに帰ってくるから」

芳夫は淡々《たんたん》としていた。

普段《ふだん》の嘉子なら、「どうしてわかるの。適当なことを言わないで」と詰《なじ》るところだ。

戦地へ赴《おもむ》くのだ。帰ってこられる保証などあるわけがない。

もちろん芳夫も承知しているのだ。妻を心配させまいと、泰然《たいぜん》と振《ふ》る舞《ま》っているだけで、不安に思っているに違いない。

出かける日、芳夫は家の前で見送る嘉子に八重歯を覗かせてみせた。

馬鹿。このときばかりは夫の優しさが恨《うら》めしかった。

親切で、人に譲ってばかりの芳夫が心配だった。

平和な時代なら、好人物の夫は自慢《じまん》だが、非常時ではそれがどう働くか。戦地でも他人を案じ、率先《そっせん》して危険を受け入れるのではないか。そんなことばかり考え、出征の前夜はほとんど眠《ねむ》れなかった。

鶏《にわとり》の声を聞いて床《とこ》を抜《ぬ》け出《だ》し、なけなしの米で大きなおむすびを作った。具も海苔《のり》もない、ただの白むすびだ。二年前から始まった配給制で、家には満足な食料がなかった。米櫃《こめびつ》も底が見えていたが、少しでも力をつけてやりたかった。おかずに茹《ゆ》で卵《たまご》を添えるのが精一杯。もっと他にも持たせてやりたいが、ない袖《そで》は振れない。

「すごいな、爆弾《ばくだん》にぎりだ」

ハンカチに包んで渡《わた》すと、芳夫は破顔した。

出征の日には貞雄と信子、芳武と一緒に見送った。万歳《ばんざい》なんてしなかった。

戦争のせいで大事なものがどんどん奪《うば》われていく。笄町の家に続き、今度は夫だ。赤紙を届けにきた役人は「おめでとうございます」と言ったが冗談《じょうだん》じゃない。どこがめでたいのか、役人に食ってかかろうかと思った。

女の幸せは家庭にある。本当にその通りだ。芳夫と結婚し、芳武を産んで、嘉子は日々の暮らしで幸せを嚙《か》みしめていた。この生活を失いたくなかった。

芳夫の姿が見えなくなったとき、嘉子は自分が半分死んだように感じた。

その感覚が虫の知らせに思え、非科学的だと頭で否定する一方、心のうちでひそかに覚悟《かくご》を決めていたのだが、しばらくして、芳夫は家に戻ってきた。昔患《わずら》った肋膜炎《ろくまくえん》の傷痕《きずあと》があるために召集《しょうしゅう》を解かれたのだった。

「良かったわねえ、命拾いして」

信子はひそみ声で芳夫をねぎらった。

「おい」

貞雄はさすがに制したが、嘉子は信子と同じ気持ちだった。

国の言うことなど当てにならない。

昔、お茶の水高女へ通っていた頃、貞雄に新聞を読むようにと諭《さと》されたが、近頃《ちかごろ》は首を傾《かし》げている。どこまで本当のことが書いてあるか、わかったものではない。こんなもの、国が書かせている出鱈目《でたらめ》だ。米も味噌《みそ》も塩もなく、国民が痩せた芋《いも》ばかり食べさせられる状況で、日本軍が優勢だなど、嘉子にはとても信じられなかった。

芳夫が出征して数日後、お茶の水高女時代の同級生と、偶然《ぐうぜん》町で会った。

「あら――」

美智恵《みちえ》だった。お茶の水高女の頃、成績を争っていた同級生だ。

聞けば、美智恵のご主人も応召《おうしょう》したという。女学生のときは気が強かったが、すっかり奥様らしくなった。しかし、目の下には黒い隈《くま》がある。ご主人のことが心配なのだ。女学校時代は決して仲がいいほうではなかったが、今はもうわだかまりもない。

嘉子は美智恵の手を取り、明治女子部の生徒から聞いたおまじないを伝えた。

「亀《かめ》の甲羅《こうら》にご主人の名を書くのよ」

ちょうど頃合いの亀《かめ》も二匹《ひき》いる。

さっそくやってみようと、女子部で講義をしてきた帰りに、露店《ろてん》で買ってきたのだ。そのうちの一匹《ぴき》を分け、二人で亀の甲羅に墨《すみ》で夫の名を書いた。

「日比谷公園《ひびやこうえん》に行きましょうよ。あそこなら、皇居にも近いから。きっと御利益《ごりやく》があるわ」

「偉《えら》くなっても変わらないのね。あなた、女学生の頃から迷信深《めいしんぶか》いところがあったもの」

「いいじゃない、迷信でも。藁《わら》でも何でも縋《すが》っておくほうがいいわ」

半信半疑の美智恵を従え、嘉子は亀を日比谷公園の池へ連れていき、甲羅に酒を振りかけ、池に放った。

真夏の炎天下《えんてんか》のこと、水は直射日光を映して揺《ゆ》らめいている。墨で落書きされたと知ってか知らずか、亀はのろのろ池に沈《しず》んでいった。

その姿に、ふと不吉《ふきつ》なものを感じた。溺《おぼ》れているみたいじゃないの。もっと、シャキッと泳ぎなさいよ。大事な夫の名を背負っているのだから。

勝手に願掛《がんか》けした挙げ句、罰当《ばちあ》たりな発破をかけたのがいけなかったのかもしれない。


数日後、高樹町の家に小包が届いた。

貞雄宛《あて》だった。

その日は講義が昼前に終わった。学校から帰ってきたら、見覚えのある役人が家の呼《よ》び鈴《りん》を押《お》そうとしているところに出くわした。

目が合うと、役人は神妙《しんみょう》な面持《おもも》ちで口を開いた。武藤一郎さんの家族かと問われ、「はい」と言ったら包みを渡された。

手のひらに収まるちっぽけな包みは、一郎の遺品だという。一郎の乗っていた船が沖縄へ向かう途中《とちゅう》、鹿児島湾《かごしまわん》の沖で沈没《ちんぼつ》したのだとか。

家の中から芳武の泣き声が聞こえた。外が暗くなってくると、決まってぐずぐず言い出すのだ。嘉子はそれを遠くに聞きながら、小包を見つめた。

一郎は結婚したばかりで、妻はお腹《なか》に子がいる。じきに父親になるはずだった。あの亀のおまじない。やっぱり一郎の名も書いておけばよかった。本当は芳夫と一郎のために二匹買ってきたのだ。美智恵に分けた後、もう一匹買えば良かったのに、忙しさに紛《まぎ》れて忘れてしまった。姉のくせに横着するから。そんなことをぼんやり考えていたら、ふと気配を感じ、振り返ったら信子がいた。

その後から、芳武をおんぶ紐《ひも》で括《くく》った貞雄が出てきた。役人が敬礼する。

貞雄は芳武をあやしつつ、険しい面持ちで小包を受けとった。

「……一郎ですな」

宛先《あてさき》に目を落として問う。役人がうなずいた途端、信子が細い悲鳴を上げた。驚《おどろ》いたのか、貞雄の背中で芳武が、火がついたように泣き出した。

役人に見覚えがあるのは、つい先日顔を合わせたからだ。

芳夫のもとへ赤紙を届けにきたのがこの人だった。一郎のときはどうだったか。少し前のことなのに、もう思い出せない。

あれは、まだ笄町の家にいたときだ。玄関《げんかん》へ出ていったのは信子だった。

芳武を寝《ね》かしつけようと子守《こもり》歌を聞かせていた嘉子は最初、近所の御用聞《ごようき》きかと思った。しかし人が訪ねてきたのに、誰《だれ》の声もしないのは妙《みょう》だと、部屋を出ていったら、信子が玄関先でうずくまっていた。

びっくりして近寄ると、背中が震《ふる》えていた。一郎が部屋から出てきて、召集令状を恭《うやうや》しく受けとった。こんなときでも礼儀《れいぎ》正《ただ》しくふるまう弟が切なかった。

幼い頃から、一郎はしっかり者の長男だった。弟たちの面倒もよく見ていた。友だちも多く、仲間に恵まれていた。信子譲りの細面《ほそおもて》で、目と目が少し離《はな》れた顔に愛嬌《あいきょう》がある。口の達者な嘉子に圧《お》されて育ったからか、どちらかというと口数は少ないほうだ。嫌なことがあっても顔に出さない、辛抱強い子でもある。

大学生のときに一度だけ会わせてもらった想《おも》い人が、家庭の事情で嫁《とつ》いでいったときも、一郎は飄々《ひょうひょう》としていた。

が、嘉子は知っている。一郎は悲しいときほど恬淡《てんたん》と振る舞う。長男が涙《なみだ》を見せれば三人の弟が不安になると承知しているから、感情を自分の内側にしまい込《こ》む。どちらかというと呑気《のんき》で、喜怒哀楽《きどあいらく》がそのまま顔に出る嘉子とは正反対。しっかり者で芯《しん》の強い子だ。

結婚しても住所を実家から移さずにいたのも、万一のときに知らせを妻ではなく、貞雄が受けるようにとの配慮《はいりょ》かもしれない。

一郎の妻は嘉根《よしね》という。嘉子と名は一字違いだが、性格はまるで違う、おとなしい人だ。一郎は身重の妻を驚かせないよう案じて、軍からの連絡《れんらく》を実家で受けるよう手配していたのかもしれない。

そういう弟だった。海に沈むなんて。どれほど怖《こわ》かっただろう。新妻とお腹にいる子を残していくのが、どれほど無念だったことだろう。


翌昭和二十（一九四五）年一月。

芳武が二歳の誕生日を迎えた直後、芳夫に二度目の召集令状が来た。最初の赤紙から半年足らずで、また戦地へ赴《おもむ》けと国は言う。肋膜炎の古傷で召集を解除したことを忘れたのか。嘉子は怒《おこ》ったが、芳夫は素直《すなお》に応じて出征した。

しばらく待っても、今度は戻らなかった。

女子部での講義は続いていたが、近頃は空襲でしょっちゅう中断になる。

高樹町の家も焼けた。芳夫が召集された四カ月後のことだ。嘉子は芳武をおんぶし、着の身着のままで逃《に》げた。

貞雄と信子は川崎《かわさき》の登戸《のぼりと》に引っ越すことになった。

台湾銀行《たいわんぎんこう》を経て紡績《ぼうせき》会社の重役をした後、貞雄は登戸に焼夷弾《しょういだん》や発煙筒《はつえんとう》を作る工場を作った。両親はその近所にある社員寮《りょう》へ移り住み、工場を守るという。輝彦《てるひこ》、晟造《せいぞう》は進学先で下宿しており、末の弟の泰夫《やすお》は岡山の六高で寄宿している。東京を離れている分、弟たちの心配はさほどしなくて済みそうだ。

嘉子は嘉根と共に、丸亀の親類をたよりに福島へ疎開《そかい》した。嘉子は二歳の芳武を、嘉根は生まれて間もない娘を抱《かか》えていた。

芳夫が帰ってきたとき、高樹町の家がないことに驚くのではないかと気懸《きが》かりだったが、空襲は日ごとに激しくなり、子どものいる身で東京に留まることはできなかった。川崎も安全とは言いがたいが、工場を捨てるわけにもいかない。貞雄や信子と別れを惜《お》しむ暇《ひま》もなく、嘉子は芳武をおんぶして汽車に飛び乗った。

必ず守ります――。

出発のベルを聞きながら、嘉子は戦地にいる芳夫に向けて念じた。必ず芳武を守りますから、あなたもどうか無事でいて。どうか、どうか。胸のうちで同じ言葉を繰《く》り返《かえ》し、日比谷公園に放った亀にも念を送った。死ぬものか。芳武と共に生き延び、芳夫の帰りを待つ。三人でまた幸せに暮らすのだ。

嘉子の胸のうちの声が届いたのか、そうだ、と言わんばかりに、芳武が小さな足で脇腹《わきばら》を蹴《け》る。

長いベルが止《や》み、のろのろと汽車が走り出した。

同年八月、戦争が終わった。

嘉子は疎開先の福島で、正午の玉音《ぎょくおん》放送を聞いた。

日盛《ひざか》りの畑で鍬《くわ》を使っていた。力仕事には不慣れで、手には肉刺《まめ》がいくつもできていた。日射《ひざ》しがジリジリと照りつけ、瞬《また》く間《ま》に土が乾《かわ》く。嘉子は汗と日焼けで火照《ほて》る顔に手拭《てぬぐ》いをかぶり、音の悪い放送に耳を澄《す》ませた。嘉根と抱《だ》き合《あ》い、終戦を喜んだ。

これで今夜からは枕《まくら》を高くして寝られる。

戦争が続いている間ずっと、悪い知らせが届くのが怖かった。今日まで何の便りもない。つまり芳夫は生き延びたのだ。嘉子の祈《いの》りが届いたのだ。生きている。

登戸にいる両親も弟たちも、芳武も嘉根と娘もみんな無事だ。あとは芳夫が帰ってくるのを待つだけ。

助かった。今日からは怯《おび》えなくて済む。玉音放送が終わった後、嘉子は気が抜けて、畑に座《すわ》り込《こ》んだ。空には入道雲が浮《う》かんでいる。

3

昭和二十二（一九四七）年三月。

花曇《はなぐも》りの肌寒《はだざむ》い日だった。

駅の改札口を出て霞ヶ関《かすみがせき》庁舎に向かうと、朝日が眩《まぶ》しかった。風は冷たいのに、日射しはすっかり柔《やわ》らかい気配をまとっている。

庁舎の会議室には火鉢《ひばち》があった。

春といっても朝晩は冷える。赤く熾《おこ》った炭がパチパチ音を立てるのを聞いているると、ドアが開いて、灰色の背広を着た男の人が部屋に入ってきた。

「あなたが和田さんですか」

瞼《まぶた》の重たげな、顎《あご》の長い人だ。事務机を挟み、対面に座る。

男の人は坂野千里《さかのちさと》と名乗った。東京控訴院長をしているのだという。

事務机の上で軽く手を組み、坂野は口を開いた。

「裁判官になりたいそうですな」

「はい。ぜひとも採用いただきたく存じます」

前年の昭和二十一（一九四六）年十一月三日。日本国憲法が公布された。

第十四条において、男女差別が撤廃《てっぱい》となった。

国の最高法規たる憲法で、すべての国民は法の下において平等だと定め、あらゆる差別が禁じられたことを受け、嘉子は司法省へ裁判官への採用願いを提出した。司法科試験には合格している。裁判官になる能力を有していることは保証されており、男女差別もなくなったのだから、採用されないはずがない。そう確信を抱《だ》いて司法省を訪ねた。

それなのに。坂野が煮《に》え切《き》らない面持ちをしているのが解《げ》せない。

「ふむ」

坂野は嘉子の採用願いに目を通すと、おもむろに顔を上げた。

「ご意向は理解いたしました」

「そうですか、ありがとうございます」

聞きたいのはその続きだ。自《おの》ずと前のめりになる。返答を迫《せま》る嘉子を前に、坂野はもったいぶった間を開けた上で告げた。

「しかし、あいにくご希望には沿えませんな」

「なぜです。理由を説明してください」

不採用と聞き、頭に血が上った。おかしいじゃないの。敗戦で、日本はアメリカと同じ男女平等の国になったのに。嘉子は目を見開き、坂野に迫った。

「わたしは男性と同じ試験を受け、優秀《ゆうしゅう》な成績で合格しているんです。男性と比べて能力が劣《おと》るとは思えません。それでも駄目だとおっしゃるなら、納得《なっとく》できる説明をしていただけますか。わたしが女性であることが理由で裁判官に採用しないというなら、憲法違反《いはん》ですよ」

嘉子が捲《まく》し立《た》てると、坂野は両手を上げた。

「まあ、落ち着いて」

手のひらをこちらへ向け、わずかに身を反らしてみせる。

「説明してください」

「せっかちな人だなあ」

坂野はぼやいたが、冗談ではない。

「そもそも、同じ試験に合格した者を、性別で差別するのがおかしな話ではありませんか。わたしは昭和十三年に試験を受けたときから、ずっと疑問を抱いておりました」

嘉子は、試験会場で司法官試補の募集《ぼしゅう》公告を見たときの話をした。

公告記事には、募集対象を「日本帝国《ていこく》男子に限る」と明示されていた。

つまり、司法科試験に合格しても、女の嘉子は応募《おうぼ》できない。民間の弁護士にはなれても、裁判官や検事にはなれない。新聞では盛《さか》んにもてはやされたが、相変わらず嘉子は差別される側にいたわけだ。

しかし、日本は戦争で負け、男女平等の国になった。

今までの主義を翻《ひるがえ》し、憲法で差別の撤廃を宣言したのだから、省庁も女を受け入れて然《しか》るべきだろう。嘉子は是《ぜ》が非にも裁判官になりたかった。閉ざされた門を通り、堂々とその奥まで進みたい。

「しかし、和田君は弁護士でしょう」

それが何だ。

「わたしが司法科試験を受けたときには、女は司法官試補に応募できませんでしたので、弁護士になりました。今は虎ノ門にある事務所に籍《せき》を置いております」

「存じております。和田君は有名ですから。明治の女子部で民法を教えているそうですね。大変な人気だとの評判を耳にしております」

「おかげさまで。採用してくださったら、人気裁判官になりますわ」

ここぞとばかりに自薦《じせん》したが、坂野は嘉子の発言を聞き流した。

「しかし、裁判官の仕事は弁護士とは違う。いくら司法科試験に合格しているといっても、いきなり志望して、すぐに務まるようなものじゃない。だから、まずは見習いをしてはどうですか」

これにも憮然《ぶぜん》とした。見習いとは何だ。司法科試験を突破《とっぱ》した者に対して失礼な。

嘉子は不快感を隠《かく》さなかった。

「不服ですか」

「はい、大いに不服です」

嘉子が答えると、坂野は苦笑いした。

「正直で結構。民事部の嘱託《しょくたく》として採用するので、そこでしばらく勉強してください」

「え」

思わず声が出た。

「採用いただけるのですか？」

「嘱託ですがね」

「だとしても、司法省の職員であることに違いはございませんよね？」

「もちろん、そうです」

「ああ、良かった」

嘉子は笑《え》みくずれ、両手で胸を押さえた。

何よ、もったいぶって。採用する気があるなら、さっさと言ってくれればいいのに。

しかし、浮かれてばかりいられない。丸《まる》め込《こ》まれないよう、しっかり言質《げんち》を取っておかないと。

「勉強した後は、裁判官にしてくださいますよね？」

「その力があると示していただけるなら、いずれそういう話になるかもしれません」

「今この場でお約束してください」

「善処いたしますよ」

「そんな玉虫色の返答では困ります」

何としても、裁判官にするとの確約を取りつけたい。嘉子は粘《ねば》ったが、相手も役人。こうした交渉《こうしょう》には慣れているのか、首を縦に振ろうとしない。

「なぜ裁判官に固執《こしつ》するのです。弁護士では不服ですか」

「不服なのではなく、裁判官のほうが性格に合っているからです。わたしは自分が正しいと思うことをしたい。だったら弁護士より、判決を下す裁判官になったほうが、弁護士より力を発揮できるはずです。そもそも司法科試験の門戸を開いておきながら、弁護士にしかなれないのがおかしいでしょう。いつまで女を除外なさるおつもりですか。それでなくても、わたしは国に腹を立てているんです。戦争には負けるし、暮らしはちっとも良くならない。どうにかしてもらいたくて、非常に怒っているんです」

嘉子が力説しても、やはり坂野は平然としている。

「お気持ちはわかりますよ」

仕立ての良い背広を着て、澄ました顔をしていられるのは役人だからだ。戦争に敗れても、仕事にあぶれることもなく、毎月きちんと給与《きゅうよ》が入る。民間はわずかな配給で命をつなぎ、猛烈《もうれつ》なインフレに喘《あえ》いでいるというのに。

「国に腹を立てているのに、役人になりたいというのは矛盾《むじゅん》しているのではありませんか。わかるように説明してください」

返す刀で坂野に問われた。

「裁判の場には、女がいたほうがいいと思うからです」

「それはなぜ」

「女は弱い立場に置かれてまいりましたので、弱い人の気持ちがわかります。それだけでも、価値があるのではありませんか」

「共感できると言いたいのでしょうが、それだけが裁判官に求められる資質ではない」

「わたしが女に裁判官ができることを証明します。男と同じ試験に合格したのに、裁判官になれないのは理不尽《りふじん》です。この国の司法には欠陥《けっかん》がある。今日ここで裁判官に採用されないことでも、それは明らかでしょう」

「それで？」

「それでは駄目なんです。憲法も法律、それも一番大きな基礎《きそ》なのですから、その精神に基《もと》づいた司法を行うべきです。憲法だけでは足りません。もっと日常生活に即《そく》したところまで、差別をなくすことを考えないと。わたしは裁判官になって、差別のない司法を実践《じっせん》したいのです」

「なるほど」

坂野は苦笑いを引っ込め、真顔になった。

「わたしがこの手で、この国の司法を内側から変えていきます」

本気だった。

国がちっとも当てにならないことを、嘉子は戦争で思い知った。耐《た》え忍《しの》んでも見返りなど一つもない。戦いに敗れてもなお、国は偉そうにふんぞり返っているだけだ。

貞雄の設立した川崎の工場は、軍需《ぐんじゅ》産業だからと操業できなくなった。戦争中は重宝していたくせに、あっさり手のひらを返され、貞雄は意気消沈《しょうちん》している。

次弟の輝彦は社会に出ているが、まだ若くて稼《かせ》ぎが少ない。三番目の弟の晟造は北大生で、末っ子の泰夫は岡山の六高生だ。貞雄の工場が操業できないなら、嘉子が学費を工面するしかない。幼子の芳武もいる。大黒柱として一家を支えなくてはならないのに、明治の女子部の給料では足りない。

その点、裁判官は役人だ。仕事は激務だろうが高給が保証される。性別を理由に弾《はじ》かれてなるものか。嘉子は坂野を正面から見据《みす》えた。絶対裁判官になってやる。新憲法が公布された今、断る法的根拠《こんきょ》はないはずだ。

「女だからと、甘えた気持ちで仕事をしたりするつもりはありません。強姦《ごうかん》でも殺人でも、全部引き受けます。どうぞわたしを裁判官にしてください」

「お気持ちは承《うけたまわ》りました」

「それなら――」

「今すぐは無理です。その代わり、嘱託で採用すると申している」

「……」

「少し時間をください。早い話、準備が整っていないのです。憲法は施行《しこう》前で、新しい最高裁判所も発足《ほっそく》していない。君もここへ来てわかったでしょうが、空襲で屋根をやられましてね。仮庁舎へ移ろうとしているところで、職員はその支度で忙殺《ぼうさつ》されています。わたしもこの後、職員と一緒に仮庁舎を見にいくんです」

言い訳には聞こえなかった。屋根に穴が開いた状態では仕事どころではない。記録書類を仮庁舎へ移すのも大事業なのだそうだ。

「ですから、しばらく民事部で辛抱《しんぼう》してくれませんか。君にとっても悪い話じゃないと思いますよ」

坂野は話をまとめ、さっそく仕事内容の説明をした。

司法省では民法改正の準備をしているのだという。

憲法が新しく公布されたことを受け、他の法律も改正される。

「これまでの家制度や家督《かとく》相続の制度は、男女平等を謳《うた》う新憲法に反しているからね、そういう差別をなくさなくちゃいけない。君にはぴったりの役目だと思うなあ」

「それなら、もう女は無能力者じゃなくなるんですね」

「もちろん。それに併《あわ》せて、夫婦の財産制度も変えなきゃならん」

明治時代に制定された民法では、女は法的無能力者とされている。

妻の無能力規定とされる制度があり、結婚すると、女が一定の法律行為《こうい》をするには、夫の許可を得なければならず、持参金も夫の管理下に置かれた。戦前の女は準禁治産者と同様の扱《あつか》いをされていた。

道理で女に法律を勉強させせたがらないわけだ。これほど法に軽《かろ》んじられていると知れば、否《いや》が応《おう》でも立ち上がるのは必至。戦争に負けて良かった唯一《ゆいいつ》のことは、この悪法を改正できることだ。

面接が終わった後、坂野は手を差し出してきた。

「どうぞよろしく」

力強く、温かい手だった。坂野は司法省人事課長の石田和外《いしだかずと》より、嘉子の提出した採用願を渡され、面接するよう言われたのだという。女の応募と聞いたときには正直なところ面食らったが、お会いして良かったと笑っている。

「和田君が入る日を楽しみにしていますよ」

「採用されたわ」

登戸に帰り、さっそく貞雄に報告した。

「何と。でかした」

貞雄は顔に喜色を浮かべ、台所から酒瓶《さかびん》を抱えてきた。

「まだお昼前よ」

嘉子が窘《たしな》めても、「いいじゃないか、お祝いだ」と受け流し、いそいそと手酌《てじゃく》で飲みはじめる。

「裁判官になるのか。すごいな、嘉子は」

「それはまだ。受かったといっても嘱託の事務員なの。民事部で民法改正のお手伝いをするんですって」

「大変なお役目じゃないか。法律を嘉子が変えるのか。そいつはやり甲斐《がい》があるな」

「変えるお手伝いをするだけよ。でも、残業はあるかもしれない」

「心配いらん。わたしが芳武の守《も》りをする」

「助かるわ」

話し声が聞こえたのか、芳武が来た。手に紙飛行機を握っている。

「なあ、芳武。じいじと一緒にお留守番できるな？」

「できるよ」

「よしよし、いい子だ」

貞雄が芳武を抱《だ》き上《あ》げ、膝《ひざ》に乗せた。

「じいじ、お顔が変」

芳武は首をねじり、貞雄の顔を覗《のぞ》き込《こ》んだ。

「お顔が真ん丸で黄色い。お目々も黄色くてお月様みたい」

「はは、お月様か。こいつは褒められたな」

貞雄は上機嫌《じょうきげん》だが、笑いごとではない。

顔が丸いのはむくんでいるせいだ。

顔と白目が黄色いのは肝硬変《かんこうへん》からくる黄疸《おうだん》だった。貞雄は病《や》んでいた。病院で薬はもらっているものの、あまり効き目もなさそうだ。本人にも治そうという気がないのかもしれない。連れ合いの信子を喪《うしな》い、貞雄はすっかり気力をなくしていた。

たぶん無理が祟《たた》ったのだろう。

一月に信子は脳溢血《のういっけつ》でこの世を去った。

冬晴れの穏やかな日のことだった。信子は井戸端《いどばた》で洗濯をしていたという。雑巾《ぞうきん》で棹《さお》を拭いている途中で倒《たお》れた。女子部で講義をしているところへ連絡が行き、慌てて帰ったが間に合わなかった。

——今日も寒いねえ。

その日の朝、信子は起きてきた嘉子に言った。足が冷えると良くないから、スカートではなくズボンを履いていくようにと注意され、「そうするわ」と返した。それが最後になった。

笄町の家を軍に引き倒され、一郎が戦死して。やっと戦争が終わったと思ったら、川崎の工場は操業停止になった。

戦争が終わっても、信子の心労は尽《つ》きない。それどころか重なる一方だった。人より気丈《きじょう》だっただけに、信子は耐《た》えて耐えて、最後にポキリと折れてしまった。さらに。

その年の十月、貞雄も肝硬変で亡《な》くなった。信子が死んで、九カ月ほどだった。嘉子が六月三十日付で司法省の民事部へ配属されておよそ四カ月、少し仕事に慣れた頃を見計らって逝《い》った。

もう親がいなくても平気だろう、そう思ってくれたのなら救われる。

貞雄の葬式《そうしき》で、嘉子は泣かなかった。

両親を喪い、この世で頼《たよ》れるのは自分だけ。悲しいからと泣いているわけにはいかない。自分には守るべき家族がいる。

芳武は四歳で、まだ小学校にも上がっていない。

弟の晟造と泰夫の学費も払《はら》ってやらねばならない。二番目の弟の輝彦は、あまり実業には向いていないようだ。いずれ結婚して家庭を持てるよう、生活を支えてやらなくては。涙を流している暇などなかった。ここで嘉子が倒れたら、一家共倒れになってしまう。

日々を生きる。

今のところはそれで精一杯。

初めは無理でも、続ければ体が慣れてくる。貞雄の四十九日が過ぎる頃には、嘉子はふたたび笑みを浮かべられるようになっていた。心で泣いていても、仕事場へ行くと勝手に顔がほころぶ。

昭和二十四（一九四九）年一月一日、家庭裁判所が作られた。最高裁判所の事務総局にも、併せて「家庭局」が設けられた。司法省から最高裁民事局に移っていた嘉子は、家庭局に異動となった。

家庭裁判所で扱う事案は、少年（司法上は性別を問わないため少女も含む）や女性など弱い立場が起こしたものが中心。

手を差《さ》し伸《の》べる立場にいる者が、めそめそしていてはおかしい。嘉子はいつも頬に笑窪《えくぼ》を浮かべていた。
笑顔《えがお》を作ることには慣れている。

ここは御国《おくに》を何百里
離れて遠き満州の
赤い夕日に照らされて
友は野末《のずえ》の石の下

福島に疎開しているとき、嘉子は畑仕事をしながら『戦友』をよく歌った。鍬を振るうときのリズムと歌の調子が合って、口ずさんでいると、肉刺の痛みがまぎれたのだ。

炎天下での畑仕事はきつかった。生まれてこのかた、箸より重いものを持ったことのない育ちをしてきた嘉子には、疎開先での納屋《なや》暮らしは何もかもが辛《つら》かった。哀調《あいちょう》を帯びた『戦友』のメロディは鬱屈《うっくつ》した気持ちと馴染む。

まぶたの裏にはいつも芳夫がいた。遠い戦地で、きっと同じ歌を口ずさんでいる。そんな気がした。軍は厭戦《えんせん》的であるとして『戦友』を歌うのを禁じたようだが、どうしたら戦争を厭《いと》わずにいられるのか教えてもらいたい。

辛くても、歌っている間は物を考えずに済む。

疎開先で、嘉子たちは藁葺《わらぶ》き屋根の納屋に暮らしていた。畳《たたみ》もなく、電気も通っていないから板に藁を敷《し》いて、暗くなると昔ながらのランプを灯《とも》した。口に入るのは芋ばかりで、雨が降ればなめくじが出る。そんなところで身を寄せ合って暮らしていたのだ。

戦争で大変なのはみな同じ。そう自分に言い聞かせても、ついみじめな気持ちに負けそうになった。

嘉子は、疎開先では落ちこぼれだった。

日本初の女性弁護士など、こちらの人は知らない。へっぴり腰《ごし》の嘉子を見て、地元の人たちは嗤《わら》った。うまく野菜が作れず、分けてもらいたくて、頭を下げて近所の畑仕事を手伝わせてもらいにいけば、喋《しゃべ》り方が気取っていると陰口《かげぐち》を叩かれた。司法科試験に合格する頭があっても、戦時下では何の役にも立たなかった。

思えば悲し昨日まで
真っ先駆けて突進《とっしん》し
敵を散々こらしたる
勇士はここに眠れるか

手拭いで頬かむりして、自分をいじめるみたいに悲しい歌を口にした。感傷に負けまいと、大切な仲間が死ぬ歌を繰り返し、敢《あ》えて己の胸に傷をつけた。

直射日光に晒《さら》されていると、汗も涙も瞬く間に乾くから、畑では安心して泣けた。幼い芳武の前で、笑顔でいるために、嘉子は畑にいる間、自分に悲しむことを許した。顔で笑って心で泣く術はその頃に覚えたのだ。

終戦後、嘉子は疎開先の福島から東京へ戻った。

ふたたび明治の女子部で民法を教えながら、芳夫の帰りを待った。

手のひらの肉刺がつぶれた傷が癒《い》えて、日焼けが褪《さ》めても何の音沙汰《おとさた》もない。何か事情があって帰国が遅れているのか、そのうち軍へ問い合わせようと思っていた頃、待ちわびていた電報が届いた。

昭和二十一（一九四六）年五月のことだ。

嘉子は家で民法の資料を読《よ》み込《こ》んでいた。

その頃は両親も存命で、信子はお昼のうどんを茹《ゆ》でていた。

貞雄は新聞を読んでおり、芳武は庭で遊んでいた。狭い部屋には出汁《だし》のいい匂《にお》いがしていたのを憶えている。芳武がてんとう虫を見つけたとはしゃいでいるところへ、郵便屋が来たのだ。

電報。

ピンと来た。てんとう虫は縁起《えんぎ》がいいと言われている。きっと復員の知らせだと、勇んで中を開いたら虚《きょ》を突《つ》かれた。

電報は長崎の陸軍病院からで、芳夫の危篤《きとく》を知らせるものだった。呆然《ぼうぜん》としている嘉子の手から信子が電報を抜《ぬ》き取《と》り、大慌《おおあわ》てで貞雄を呼びにいった。

長崎の陸軍病院へ問い合わせると、芳夫は既《すで》に亡くなっていた。出征して中国へ渡ってすぐに肋膜炎が再発し、戦時中は上海《シャンハイ》の病院に入院していたという。その後、終戦となり、長崎の陸軍病院へ転院し、そこで息を引き取ったのだ。

戦争が終わったのに、芳夫は死んでしまった。

芳夫が亡くなった日、嘉子は福島にいた。その日のことは覚えている。夫がこの世から去ったとも知らずに、嘉子は納屋にノミが出たと大騒《おおさわ》ぎしていた。

電報が遅れて届いたのは、芳夫なりの優しさなのかもしれない。

嘉子が悲しい思いをするのをなるべく先延ばしするために、少しだけ時間を稼いだのかもしれない。そういう人だった。

「――離れて遠き満州の　赤い夕日に照らされて」

無意識に口ずさんでいた。

今日か明日か。それとも明後日《あさって》か。

芳夫の帰りをずっと待っていたのに。とうに希望が潰《つい》えていたとは思いもよらなかった。

「友は野末の石の下――」

瞼の縁でとどまっていた涙が落ちそうになり、嘉子は慌てて上を向いた。

本当はもう一人子どもが欲《ほ》しかった。

芳夫の血を引く子どもを産み育てたかった。

けれど、できなかった。芳夫は嘉子のお腹に子を残していってくれなかった。まさか今になって、こんな目に遭《あ》うとは。何も知らず、ノミごときに騒《さわ》いでいた自分が愚《おろ》かしい。


「おや、『戦友』ですか」

仕事が終わり、後片付けをしていると課長の市川《いちかわ》に声をかけられた。はっとして口をつぐみ、しんみりしていたのを照れ笑いでごまかす。

「すみません、つい」

「謝《あやま》ることはありませんよ。和田さんはいい声だから、聞《き》き惚《ほ》れてしまった」

家庭局は働きやすい職場だった。

空襲で焼け落ちた大審院《だいしんいん》の赤煉瓦《れんが》の屋根は、修復に時間が掛かっていた。嘉子が家庭局に配属されてすぐ、課全員で引っ越しをした。

新しい執務室《しつむ》は木造四階建ての庁舎の屋根裏部屋だ。屋根は低く斜《なな》めで、天井《てんじょう》に手が届きそうなバラックだった。戦前の大審院とは落差が激しいが、働き出してみれば狭いながらも楽しい我《わ》が家《や》だ。

残業が終わると誰かの買ってきたコロッケやスルメで、お疲《つか》れさまの一杯《ぱい》をするのが慣わしになっている。

「和田さんもおいでよ」

同僚《どうりょう》はみな親切だった。

「ああ、疲《つか》れた頭にはラードが染《し》みるな」

コロッケをつまみ、同僚の一人がしみじみとつぶやく。

「疲れた頭には焼酎《しょうちゅう》ですよ。和田さんもいかがですか。いける口でしょう」

「では、遠慮なく」

湯飲みに焼酎をついでもらい、ぐっとあおると、同僚からするめの皿が回ってくる。いまだ食料は不足しており、コロッケやするめもご馳走《ちそう》のうちだった。

入庁前、面接官の坂野に裁判官への採用を断られたこともあり、女だからと舐《な》められるものかと力んでいたのは何だったのだろう。入ってみれば、嘉子は拍子《ひょうし》抜《ぬ》けするほど対等に扱われた。

「今日もコロッケ、明日もコロッケ、これじゃ年がら年中コロッケ――」

余興で『コロッケの唄《うた》』を歌うと、座が大いに盛り上がるのもいつものこと。

忙しい時期は仕事終わりの一杯も連日で、歌詞の通り毎日コロッケを食べていた。それでなければハムカツ。お酒は焼酎のときがほとんどだったが、たまに市川課長がウィスキーを差し入れしてくれたときには、「おお!」と一同から歓声《かんせい》が上がった。

あはは、あははははと、歌詞に合わせて、同僚が唱和するのも常のこと。

「次は『リンゴの唄』を歌ってよ、和田さん」

最高裁の役人は堅物揃《ぞろ》いだと思っていたが、それは嘉子の先入観だった。昼間は真面目に討論を交《か》わし、ときに意見が対立することもある。それでも仕事が終われば焼酎を酌《く》み交《か》わし、赤い顔をして笑う。

女だからと手加減されることも、早く帰れと促《うなが》されることもないのが心地《ここち》良《よ》い。

ほらね、ちゃんとやっているでしょう――。

明治の女子部、大学と合唱部で鍛《きた》えた喉《のど》を披露《ひろう》しながら、嘉子は芳夫に語りかけた。

戦中から戦後にかけ、四つの葬式を出した。最初の一郎のことはよく憶えているが、次の芳夫からは曖昧《あいまい》で、どうやって日々を乗《の》り越《こ》えたのか記憶《きおく》がない。あの頃の自分がどんな顔をして女子部の教壇《きょうだん》に立っていたのか、まともな講義ができたのか、今となっては後輩たちに申し訳ない。

「赤いリンゴに唇《くちびる》寄せて――」

嘉子が歌うと同僚の手拍子《てびょうし》がついてくる。

終戦後、初めてヒットした『リンゴの唄』は最高裁でも大人気だ。歌っている並木《なみき》路子《みちこ》も両親と次兄《じけい》を戦争で亡くしている。

誰もが大切な人を戦争で喪《うしな》った。立ち直れずにいても、同じところに留まっていることはできない。変《か》わっていく。人も社会も。

歌声と手拍子に釣られて、司法省から最高裁判所事務局へ異動してきた石田が顔を出した。輪の中心に嘉子がいるのを見て、目尻《めじり》に皺《しわ》を寄せる。

ここにいられるのは、司法省で人事課長をしていた石田のおかげだ。石田が坂野に面接するよう言ってくれたおかげで、嘉子は入庁できた。遡《さかのぼ》れば、貞雄のおかげでもある。

弁護士法の改正の記事を読んで、嘉子は法律を勉強しようと決めた。

――世の中は日々動いているんだ。

女学生だった嘉子に、貞雄は教えてくれた。

――何であれ変わっていく。良いことも悪いことも、全部。きっとこれから、女が社会へ出ていく門がどんどん開いていく。だから、嘉子。簡単に諦《あきら》めないことだ。

貞雄の強い言葉に背を押され、嘉子は法律家になった。もちろん信子も。

――男の真似《まね》じゃないんでしょう。だったら、ただの『弁護士』ですよ。『女』の冠《かんむり》はいりません。

両親の言葉に勇気をもらい、戦後すぐ司法省の扉《とびら》を叩いた。

かねて希望していた裁判官に任命されたのは、その年、昭和二十四（一九四九）年の八月である。裁判官を志してから、二年半の月日が経《た》っていた。

4

裁判所の仕事でアメリカへ行くと言ったら、義妹《ぎまい》の温子《はるこ》は唖然《あぜん》とした。

「芳武ちゃんはどうなさるんです？　あちらの学校へ入れるおつもりですか？」

「いいえ、あの子は置いていきます。わたしが留守にしている間、お世話をかけますけど、よろしくお願いしますね」

そう言うと、温子は宇宙人でも見るような目をした。

「わかったよ、姉さん」

輝彦は驚かなかった。

「大丈夫《だいじょうぶ》。芳武はうちで面倒《めんどう》を見る。な、温子。平気だよな」

「うちは構いませんけど――」

「だったら、いいだろ。姉さんは裁判官なんだ。アメリカへ行くのは裁判所の命令だろ？　断れるわけがない」

夫にそう言われても、温子は釈然《しゃくぜん》としない顔をしている。甥を預かるのが嫌なのではない。温子は芳武を案じているのだ。

正確に言うと、断れないわけではない。アメリカ行きは嘉子が望んだことだった。

昭和二十五（一九五〇）年五月、芳武は七歳。成城《せいじょう》にある、玉川小学校に通う二年生だ。

嘉子は東京地方裁判所の民事部に配属されていた。

裁判長は近藤完爾《こんどうかんじ》という名の、どこか駱駝《らくだ》を思わせる穏やかな人だった。

「あなたが女であるからといって特別扱《とくべつあつか》いはしませんよ」

初めて顔を合わせたとき、近藤裁判長は念を押した。

「こちらも、そのつもりでおります」

嘉子が返すと、大きくうなずき、目尻をほころばせた。そのときの面持ちが誠実そうで、いたく安堵したのを今も憶えている。

その近藤裁判長から、最高裁判所が家庭裁判所の制度を学ばせるためアメリカへ裁判官を派遣《はけん》するが行ってみないかと言われ、即座《そくざ》に手を挙げた。

もとより家庭裁判所は戦後、ＧＨＱ（連合国軍総司令部）による提案で生まれた組織だ。少年審判《しんぱん》所と家事審判所が統合して一つの裁判所になった。アメリカの家庭裁判所では、家事部と少年部の二つに分けて運営しているという。

嘉子が女手一つで息子を育てていることは、当然近藤裁判長も承知している。それでも、真っ先に声をかけてくれたのが嬉《うれ》しい。初対面での言葉が建前ではない証だ。

裁判官になってから、嘉子は自分が変わってきたように感じる。有《あ》り体《てい》に言うと、怖い母になった。

「ママはアメリカで勉強してくるから、あなたも頑張《がんば》りなさいね」

「やだ」

芳武はイヤイヤと首を横に振り、頬をふくらました。

「やだじゃありません」

一人っ子だからと、甘やかすことはしなかった。したくても仕事を持っている以上、できないのだ。

「我《わ》が儘《まま》を言うと怒るわよ」

「もう怒ってるじゃないか。頭に角が生えてるよ、ママの怒《おこ》りん坊《ぼう》」

憎《にく》まれ口《ぐち》を叩き、芳武は逃げていった。離れたところから、「いーだ」と舌を出す。

しょんぼりとうなだれているのを見ると、胸が痛む。だからといって、アメリカ行きを覆《くつがえ》すことはない。

嘉子は日本初の女性裁判官にはなれなかった。第一号は石渡満子《いしわたみつこ》だ。司法科試験に受かったのは戦後になってからなのに、嘉子より三カ月早く裁判官に任命された。

一足遅れたが、この先は負けたくない。満子に限らず誰にも。嘉子は猛烈に働くつもりで、輝彦の住まいの近くにアパートを借りていた。帰りが遅くなったときは弟夫婦が面倒を見てくれる。

子どもながらに、芳武も嘉子が仕事人間と承知しており、それ以上引き止めることはなかった。

しばらくして、嘉子は横浜港《よこはまこう》からアメリカに発《た》った。

共に派遣されたのは、大阪家庭裁判所長の稲田得三《いなだとくぞう》と、北大の助教授から裁判官へ転身した変わり種の佐藤昌彦《さとうまさひこ》だった。ニューヨークからワシントン、シカゴ、ロサンゼルスを回る大移動だ。

アメリカでは女性の裁判官に何人も出会った。かつて貞雄が言っていたように、男と肩《かた》を並べて活躍《かつやく》している。

サンフランシスコの裁判所では、市民の投票で裁判官が選ばれるという。二十一人のうち、最高票を獲得《かくとく》したのは女性裁判官だった。亡くなった信子より年上の、もはや高齢《こうれい》といえる年配だが、若々しくてチャーミングな人だった。銀髪《ぎんぱつ》の長い髪《かみ》を波立たせ、赤い口紅を差して颯爽《さっそう》とスーツを着こなしていた。

「あなた、最初は弁護士だったんですって？　なぜ裁判官に転身したの」

その人は表敬訪問した嘉子に問うた。

「法律家として、甘い自分を追《お》い込《こ》みたかったんです」

「どういうこと？」

弁護士になりたての頃、虎ノ門の事務所の先輩《せんぱい》から国選弁護の仕事を持ちかけられた。

強姦事件だった。起訴状《きそ》に添付《てんぷ》されていた捜査《そうさ》記録を隅《すみ》から隅まで読んでも、被告《ひこく》人には同情すべき余地がなかった。

だとしても、刑事《けいじ》裁判において弁護士が助力することに意義はある。しかし、嘉子は国選弁護を断った。力で劣る女に性暴力を振るうような、卑劣《ひれつ》な輩《やから》のために弁護活動をするのは、嘉子の正義感に反していた。

今は、当時の判断は間違いだったと思っている。厳しく罰《ばっ》したい被告人であっても正当な裁きを受ける権利はある。そのために国選弁護の話が来たのなら、弁護士たる嘉子は受けるべきだった。

そのときの悔《く》いも、裁判官になろうと思った理由の一つだ。民間人の弁護士とは違い、裁判官は事件を選べない。そうやって己を鍛えたかった。

「そうね、個人の感情に振《ふ》り回《まわ》されないよう注意するのは大切なこと。でも、自分が感情を持った一個の人間であることも、やっぱり忘れちゃいけないのよ」

魅力《みりょく》的な皺の寄った目で嘉子を見つめ、銀髪の裁判官が言う。

「どんなに悪い人でも誰かの子であり、家族なの。それを忘れると、いつか罪ではなく人を裁くようになってしまう」

傍らの稲田と佐藤も、うんうんとうなずいている。

八十日に及《およ》ぶ視察を終え、日本へ帰国したときには晩夏になっていた。横浜港まで輝彦、温子と一緒に出迎《でむか》えにきた芳武は、真っ黒な顔をしていた。

「いい子にしてた？」

「うん！」

芳武は元気よく返事をしたが、輝彦は苦笑いで首を横に振っている。さては面倒をかけたか。温子の諦めたような笑みからも、さんざん手を焼かせたことが察せられる。

帰りの汽車で、芳武は嘉子の膝に座った。会えない間、寂しい思いをしたようだ。ずっと手を握って離さず、べたべた甘える。それはいいが、大声で歌うのには参った。

「夕日が赤いな、真っ赤っか」

近くの座席の人たちが苦笑《くしょう》している。

ひどい音痴《おんち》はどうにかならないものか。節も歌詞も出鱈目で、何の曲かもわからない。

嘉子がアメリカへ行っている間、芳武は小学校の授業を何度も抜け出したらしい。本人は「虫がいたんだよ」とケロリとしているが、担任教師に呼び出しを食らい、輝彦は頭を下げたそうだ。

「真っ赤っか、真っ赤っか、マッカーサー」

芳武は人差し指を立て、膝の上でリズムを取っている。つむじまで日に焼け、体から日向《ひなた》の匂いがする。勉強はさぼっても、たっぷり遊んで元気に過ごしていたようだ。目方も重くなっている。帰ったら、夏の間にどんな思い出を作ったのか聞かせてもらおう。

「あ、とんぼ！」

いきなり叫《さけ》び、芳武が窓から身を乗り出した。

「こら」

戒《いまし》めて細い胴《どう》に腕《うで》を回し、外へ顔を突《つ》き出《だ》すと、出発前と比べ空が高くなっていた。いわし雲が浮いている。

その日、芳武は幼子のときのように、嘉子と同じ布団《ふとん》で寝た。土産《みやげ》話をせがまれ、ニューヨークで食べたハンバーガーの話をしたら夢にも出てきた。視察中は特別おいしいとも思わず、お米が恋《こい》しかったのに、帰国した途端、あの味が懐かしくなっている。

秋になり、GHQのメアリー・イースタリングという女性弁護士から連絡を受けた。

日比谷《ひびや》まで会いにいくと、司法科試験同期の久米愛《くめあい》や、結婚して田中《たなか》から中田《なかた》になり、鳥取で弁護士をしている正子《まさこ》も来ている。女性裁判官第一号の石渡満子もいる。集まっているのは法曹《ほうそう》資格を持っている女性たちだった。

イースタリングは、女性の法律家の団体を作ってはどうかという。アメリカにもあると聞き、発足が決まった。

久米愛が初代会長を務め、嘉子が副会長となった。初期メンバーは九名。

改正弁護士法が施行されたのは昭和十一（一九三六）年、あれから十四年を経ても、日本にいる女性法律家の数はまだ両手に足りない。民法を教えていた明治女子部では終戦までに七名の司法科試験合格者が出て、立派だと喜んでいたが、イースタリングに声をかけられ、法曹全体ではそんなものかと我に返った。

サンフランシスコで出会った銀髪の裁判官を思い出す。この先も仕事を続け、いつかあの人みたいになりたい。いや、なるのだ。

東京地方裁判所では三年四カ月過ごした。

近藤裁判長のもとで鍛えてもらった後に、昭和二十七（一九五二）年十二月、名古《など》屋《や》地方裁判所へ転勤した。このとき三十八歳。裁判所の人事異動情報が新聞に載った後、駅前の電光ニュースに「女性の裁判官が赴任《ふにん》」と流れたと聞いたときには歯嚙《はが》みした。これでは戦前と同じだ。愛や正子と三人で新聞に写真が載《の》ったときと変わらない。

名古屋へ転勤後、嘉子は住《す》み込《こ》みで家政婦を雇《やと》った。

芳武は九歳。忙しい母の代わりに、若い家政婦の郁子《いくこ》が話し相手になってくれたおかげか、すんなりと新しい暮らしに馴染んだ。

東京とは違い、名古屋では赴任当初、嘉子を色眼鏡で見る空気があった。初めて回された事案はむごい強姦事件だった。捜査記録を読んで嘉子がどんな顔をするか、周囲が窺《うかが》っているのがわかった。

嘉子が平然と捜査記録に目を通し、裁判へ臨《のぞ》み、被告人へ強姦の具体的な手口を説明するよう求めると、周囲の見方が変わった。感心して褒める同僚もいたが、嘉子は内心これにも腹を立てた。当たり前じゃないの。裁判官に男も女もないのだから。

その一方、女盛《ざか》りの嘉子はお洒落《しゃれ》を楽しんだ。激務だが、自由になるお金が増えたのはありがたい。大きな裁判を終えるたび、服や靴を買った。この頃にはそれくらいの給与をいただくようになっていた。

節目となる四十歳を名古屋で迎えたときには、思いきって指輪を誂《あつら》えた。

芳夫に贈《おく》られた結婚指輪は、疎開先の畑仕事で傷だらけになってしまった。娘時代より肥《ふと》り、関節も太くなったから、すっかり食《く》い込《こ》んでいる。それでも外そうとは思わなかった。

家政婦の郁子は、裁判官の嘉子をいつも「すごい」と言う。

「わたし、奥様《おくさま》を尊敬しているんです」

嬉しいけれど、半面複雑な気持ちになる。嘉子は裁判官だが、母親でもある。それなのに自分一人では芳武を育てられず、家政婦の力を借りている。参観日に顔を出せたことはなく、運動会も見にいけない。

ときおり、どうしようもなく独りだと感じる。

芳武がいても寂しくて、無性《むしょう》に誰かを頼りたくなる。そんなとき指輪を眺めるのだ。

自分にも頼れる人がいた。大切に慈《いつく》しんでもらえたときがあったことを思い出し、また頑張って仕事に行く。その繰り返しだ。

四十歳。太くなってきた指に合わせ、大きめな石のついたものを選んだ。傷だらけの結婚指輪に、自分で買った指輪を重ねると、いい感じに光る。これまでとこれからが仲良く手をつないでいるみたいな組み合わせで、いつまで眺めていても飽《あ》きない。

三年半勤めた名古屋から、ふたたび東京に戻ったのは四十一歳のとき。昭和三十一（一九五六）年五月のことだった。

第四章　三淵乾太郎との出会い

1

東京へ戻《もど》るなり、大変な事案が回ってきた。

広島と長崎の被爆《ひばく》者と遺族が、国を相手どって、アメリカに原爆《げんばく》を投下させたことに対する損害賠償《ばいしょう》と、それを国際法違反《いはん》とすることを求め、東京地方裁判所へ訴《うった》えを起こしたのだ。二日後、大阪地方裁判所にも同種の提訴《ていそ》がされた。

昭和三十（一九五五）年四月。桜が散り、躑躅《つつじ》が咲《さ》きはじめた頃《ころ》だった。

原告代表は下田隆一《しもだりゅういち》。原爆で子どもを五人亡《な》くしている。弟一家も七人全員が犠《ぎ》牲《せい》となった。

アメリカの原爆投下は国際法に違反する不法行為《こうい》であり、被爆者はアメリカに対する損害賠償請求権を有する。その請求《せいきゅう》権を、日本政府はサンフランシスコ講和条約によって放棄《ほうき》した。よって、原爆被害《ひがい》者へ補償《ほしょう》、賠償すべきだというのが、訴えの要旨《ようし》で、原告は岡本尚一《おかもとしょういち》弁護士を代理人に、原告代表の下田が三十万円、他の原告は二十万円を国へ支払《しはら》うよう要求している。

嘉子《よしこ》は古関敏正《こせきとしまさ》裁判長のもと、右陪席《ばいせき》を務めることになった。

着任早々、国家賠償事案を受け持つとは荷が重い。代理人の岡本弁護士は大正十四（一九二五）年に弁護士となった大ベテラン。これまでにもＡＢ級戦犯の弁護をするなどの実績がある。

今回の事案を通じて、嘉子は初めて岡本と顔を合わせた。年齢《ねんれい》から、白髪《しらが》頭の老弁護士であることは予想がついたが、まさか赤い車で裁判所に乗りつけるとは思わなかった。

「これが被爆者の声ですわ」

岡本弁護士は正義の人だ。嘉子は裁判官で立場は違《ちが》うが、教えられるべきことが多いと感じている。

この準備手続きが大変だった。

まず論点が多く、複雑に入り組んでいる。

原爆投下が国際法に違反するかどうか。

違反するとした場合、被害者個人がアメリカへ損害賠償請求できるか。請求したとして、アメリカの裁判所が受け入れるかどうか。また仮に請求権があるとしても、既《すで》にサンフランシスコ講和条約によって当該《とうがい》権利は放棄されている。これをどう解釈《かいしゃく》するのか。

日本政府が賠償請求権を放棄したのは違法《いほう》なのかどうか。違法ではないとしても、現実に国民が損害を被《こうむ》っている以上、国は損失を補塡《ほてん》する義務があると認められるか等。

これらの論点を一つずつ検討し、原告の請求の妥当《だとう》性を判断するのは骨が折れた。原爆の悲惨《ひさん》さは日本中の知るところ、訴訟《そしょう》の行方《ゆくえ》は裁判所の内外から注視されている。嘉子は連日遅《おそ》くまで、古関裁判長や左陪席《ひだりばいせき》の同僚《どうりょう》と共に議論を重ねた。

官舎へ戻る頃には夜更《よふ》けになっている。

芳武《よしたけ》の部屋に入り、寝《ね》ているのを確かめる。

もう何日もまともに話をしていない。

壁《かべ》には転入した麻布《あざぶ》中学の制服が掛《か》かっており、勉強机には図鑑《ずかん》が広げてあった。小学生の頃からの虫好きは今も続いている。

転校先ではうまくやっているだろうか。友だちはできたか。幼い頃から自由奔放《ほんぽう》で、教師や輝彦《てるひこ》、温子《はるこ》の手を焼かせてきた息子《むすこ》だけに気懸《きが》かりだ。

郁子《いくこ》がいるから衣食住の心配はないが、心の健康問題は別の話。

よし。この日曜に休みを取って、新しい自転車で町を走ろうと誘《さそ》ってみよう。その時間を捻出《ねんしゅつ》するには、明日も遅くまで頑張《がんば》るしかないと思いながら芳武の部屋を後にして、自室でスーツを脱《ぬ》ぎ、キッチンへ行く。

テーブルに布巾《ふきん》をかけた皿が載《の》っている。めくると、肉じゃがとほうれん草の胡麻和《ごまあ》えだ。そこへ俵に結んだおむすびが添《そ》えられている。家政婦の郁子が嘉子のために取っておいてくれたものだ。

コンロにはおみおつけの鍋《なべ》もあったが、温めるのが億劫《おっくう》で、冷えたおかずをつまみ、おむすびを頰張《ほおば》っていると、寝間着《ねまき》にカーディガンを羽織った郁子がキッチンへ入ってきた。

「お帰りなさいませ」

「ごめんなさい、起こしちゃったわね」

「たまたまトイレに立ったんです。おみおつけ温めますね」

「いいのよ。もう遅いから」

「すぐできます。温かいものをお腹《なか》に入れると、疲《つか》れが取れますよ」

郁子を紹介《しょうかい》してくれたのは、お茶の水高女の同級生美智恵《みちえ》だ。日比《ひび》谷《や》で亀《かめ》のおまじないをして以来、親しく行き来をするようになり、仕事が忙《いそが》しくて家事ができないとこぼしたら、親類の娘《むすめ》を連れてきた。

郁子はまだ二十代と若いが、よく気が利《き》く。手早く鍋に火を入れ、嘉子の前に湯気の立つおみおつけと箸《はし》を差し出した。

いつものことながら、さりげない気遣《きづか》いに感心する。ありがたく箸を受けとり、「いただきます」とあらためて手を合わせた。

疲れた体に熱いおみおつけが染《し》みる。出汁《だし》の取り方も絶妙《ぜつみょう》だ。

郁子は料理上手で、おかずは冷めてもおいしい。育ち盛《ざか》りの芳武を意識してか、栄養価にも気を配ってくれているのがわかる。朝は郁子が用意したパンを囓《かじ》って出かけるのがお決まりで、昼は役所で摂《と》る。

いつも仕出しの弁当を配達してもらっているが、今日は蓋《ふた》を開ける暇《ひま》もなく、書官が差し入れてくれたおやつの煎餅《せんべい》をつまんだきり。その割に痩《や》せないのが不思議だが、コーヒーに砂糖を入れているせいだろうか。体に悪いと思いつつ、子どもの頃に親しんだ甘《あま》くて濃《こ》いコーヒーでないと物足りない。まあ、砂糖のおかげで昼食を抜《ぬ》いても頭が回るのだからと、目をつぶることにする。

岡本弁護士の起こした国家賠償訴訟については、新聞でも大きく取り上げられた。

広島と長崎の被爆者の不幸は日本中が知っている。東京地裁がどう判断を下すか、国民の注目が集まっていた。明日は古関裁判長、左陪席と朝から会議がある。一時間の予定だが、たぶん昼まで延長することになるだろう。それで終われば上出来だ。その他に通常の事案も抱《かか》えている。書記官に渡《わた》された資料は机に山と重なっている。考えることはいくらでもある。

「どうぞ」

郁子が空いた皿を片付け、ごぼう茶を煎《い》れてくれた。寝る前だからと薄《うす》めで、湯冷ましを使ってある。

ぬるめのお茶で口がさっぱりしたら、元気が出た。

お風呂《ふろ》はこの時間だから諦めるとして、ともかく化粧《けしょう》だけは落とそうと、顔を洗って自室に行くと、脱ぎ散らかしたスーツがハンガーに掛かっていた。これも郁子だ。ブラシも当ててくれたようで、気に入りの春ツイードのジャケットも心なしか生き返って見える。

本当に何から何まで。郁子がいなければ、家の中がどうなっていることか。

信子《のぶこ》が生きていたら、行儀《ぎょうぎ》が悪いと叱《しか》られるところだ。

実家にいた頃にも家政婦がいたが、躾《しつけ》の一環《いっかん》として自分で服の始末をしていた。着た服は埃《ほこり》を払って、きちんと箪笥《たんす》にしまう。お茶の水高女のセーラー服のスカートも寝押《お》しをしてきれいに整えていた。わかっているが、この生活ではとても手が回らない。とにかく睡眠《すいみん》。頭をしっかり働かせるため、嘉子が己《おのれ》に課しているのはそれだけだ。

布団《ふとん》にもぐりこみ、足を揉《も》んだ。一日中ヒール靴《くつ》を履《は》いているから、だるくてたまらない。綿の靴下《くつした》と違い、人工繊維《せんい》のストッキングは汗《あせ》を吸わず、クッションにならないから、夕方には疲れてしまう。ヒールの分、爪先《つまさき》が前滑《すべ》りして、体重の掛かる小指には胼胝《たこ》ができる。これがまた痛いのだ。

男の人のように踵《かかと》の低い革靴《かわぐつ》なら、少しは楽だろうけど。

そう思いながらも、嘉子はヒールのついた靴を好んでいる。踵のないぺたんこ靴も持っているが、いざ出勤するとなると、スカート丈《たけ》に合わせたヒール靴を選ぶ。

明日は何を着ようかと、疲れた頭で考えた。

今日のツイードはベージュだったから、明日は気分を変えて茄子紺《なすこん》のテーラードスーツにしようか。

名古屋《なごや》にいたとき仕立屋さんで誂《あつら》えたものだ。涼《すず》しいサマーウールで着心地《きごこち》も良く、何より顔が締《し》まって見えるのがいい。もとより嘉子は衣装《いしょう》持ちだったが、ここへ来てさらに身の回りを整えるのが楽しい。

嘉子は今日も裁判官室へ顔を出した、長身の人を思《おも》い浮《う》かべた。彼自身《かれじしん》すこぶるお洒落《しゃれ》で品がいい。

――銀縁眼鏡《ぎんぶちめがね》の似合う、すらりとしたその人が、名古屋の仕立屋を紹介してくれた。

――少しばかり値《ね》は張りますが、腕《うで》は確かですよ。

美智恵も知っている仕立屋だった。ご主人も愛用しているお店なのだとか。それならば、と頼《たの》んでみたら本当にいい仕上がりで、何度腕を通してもへたらない。長く着られると思えば、却《かえ》って安上がりとの意見には、嘉子も賛成だ。

実家にいた頃、貞雄《さだお》も背広を仕立屋さんで誂えていた。夏と冬に一着ずつ、同じ型の色違いを揃《そろ》え、ついでに嘉子もよそゆきを作ってもらったことがある。寸法を合わせ、一針ずつ丁寧《ていねい》に仕立てられた服は着心地が良かった。

その人と話していると、娘時代《むすめじだい》の自分が戻ってくる気がする。

本好きで勉強が得意で、生意気だったあの頃。その人とは歳《とし》が九つ離《はな》れているが、女学生だった嘉子とも、きっと話が合っただろう。

この前はフランスの小説家アンドレ・モーロアを教えてもらった。

一九一八年に発表した第一作の『ブランブル大佐の沈黙《ちんもく》』は、いつも持ち歩いている革《かわ》の鞄《かばん》に入っている。タイトルからして興味深い。女学生の頃なら、借りた日に徹《てつ》夜《や》しても読み切ったことだろう。

話していると、自然と顔が笑っているのを感じる。こんな気持ちになるのはずいぶん久《ひさ》し振《ぶ》りだ。

芳夫《よしお》が亡くなって、来月でちょうど十年。

長かったようにも、短いようにも感じる。

裁判官として母として、生きられれば十分だと思ってきたが、ここへ来て新たな道があらわれた。芳夫への思慕《しぼ》の情が薄《うす》れたわけではない。けれど、どんな声をしていたのか次第《しだい》におぼろになってきた。

それだけの月日が経《た》ったのだ。

お互《たが》いに子はあるが、再婚《さいこん》してほしいと言われている。

どう思う？　左手の薬指をさすり、胸のうちで問うてみる。芳夫は何も応えてくれない。あの八重歯を覗《のぞ》かせ、静かに笑《え》むばかりだ。

2

五月に入った日のこと。

その日予定していた民事裁判を終え、嘉子は洗面所へ入った。

鏡に顔を映したら、ひどく疲れて見えた。朝、家で化粧をしたきり、直す暇もなく半日が経ったせいか、ファンデーションが落ちて顔色が沈《しず》んでいる。

寝不足《ねぶそく》で、目の下には隈《くま》もある。

前の晩に芳武と喧嘩《けんか》して、少々言い過ぎたことが尾《お》を引いていた。

いくら親とはいえ、横暴ではなかったか。嘉子は芳武に夏休みが終わったら、輝彦の家へ引《ひ》っ越《こ》したいと言われたのだ。そのほうが気楽だと。

そんな勝手は許しませんと眉《まゆ》を吊《つ》り上《あ》げたら、勝手なのはママだと口答えされた。

——何だよ、毎晩遊び歩いて。帰りが遅いのは仕事のせいばかりじゃないくせに。

ませた口振《くちぶ》りで詰《なじ》られ、カッとなった。

郁子が止めに入らなかったら、どれだけの毒を芳武に浴びせたことか。仕事の疲れと鬱憤《うっぷん》が溜《た》まっていたこともあり、売り言葉に買い言葉で悪口雑言を並べた。

よほど癪《しゃく》に障《さわ》ったのか、芳武は朝になっても起きてこなかった。それなら結構と、嘉子も黙《だま》って官舎を出た。学校には連絡《れんらく》を入れていないから、また担任教師に呼び出されるかもしれない。

芳武は親譲《おやゆず》りの頑固《がんこ》なところがある。一度こうと決めたら、耳を貸さない。

喧嘩の種は、嘉子に交際相手ができたことだ。かねて親しくしている裁判官仲間で、名を三淵乾太郎《みぶちけんたろう》という。今は最高裁調査官をしている。父上は初代最高裁長官の三淵忠彦《ただひこ》で、そちらとも面識がある。近頃《ちかごろ》は仕事が終わると裁判官室まで迎《むか》えに来て、一緒《いっしょ》に帰ることがお定まりになっている。夜道を一人で歩かせるわけにいかないというのだ。

裁判所から官舎まではごく近いが、それでも危ないと乾太郎は言う。

いずれ人の噂《うわさ》になるだろう。もう、なっていてもおかしくない。中学生の芳武の耳にも入る恐《おそ》れがあるから、先に母親の口から伝えておこうと思ったら喧嘩になった。やはり交際は断るべきだったか、せめて芳武が高校生になるまで待ったほうが良かったかと、後悔《こうかい》の念が渦《うず》を巻く。

そんなこんなで昨夜は眠《ねむ》れず、ひどい顔色をしていた。せめて口紅を引いてごまかそうと、ポーチから取り出して、はたと迷う。

鮮《あざ》やかな朱色《しゅいろ》は芳武が嫌《きら》っている。

乾太郎はよく似合うと言ってくれるが、中学生の息子は派手だと眉をひそめる。くすんだ肌《はだ》には淡《あわ》い色では物足りず、年齢的にも朱色くらい持ってこないと老《ふ》けてしまうのだが、芳武には母親が色気づいて見えるのかもしれない。

目方は増える一方なのに、このところ頰《ほお》の肉が落ちてきたことも気になっていた。娘時代は丸顔だったのに、いつのまにか四角い顔になった。

時間があればデパートの化粧品売り場へ行って相談できるのだが、とてもそんな暇は捻出できそうにない。結局、口紅をつけるのは止《よ》して、ファンデーションを軽くはたいて顔色をごまかした。

さて法廷《ほうてい》に戻ろうと踵《きびす》を返《かえ》したら、洗面所の入り口ドアの前に老女がいた。手に刃物《はもの》を持っている。憎々《にくにく》しげに歯を剝《む》き、嘉子へ切っ先を向けている。

一瞬《いっしゅん》、混乱して頭が真っ白になった。老女は昼間、ついさっきまでやっていた民事事件の当事者だった。今日出廷《しゅってい》したときにも興奮し、わめいていたが、まさか待《ま》ち伏《ぶ》せされるとは思いも寄らなかった。

「あんたは、ちっともわかっとらん」

老女はどすの利いた声で言い、嘉子を睨《にら》んだ。

「ここは裁判所ですよ。どうやって刃物を持《も》ち込《こ》んだんです」

冷静でいるつもりが、声が震《ふる》えた。

「最初から持ってきたわ。言ってもわからん奴《やつ》には、力で訴えるしかないからなあ」

ぶつぶつ唸《うな》りながら、じりじりと近寄ってくる。

法廷に入る前には、所持品のチェックを行う。

老女が手にしているのは手のひらに収まるほどの小刀だった。鉛筆《えんぴつ》を削《けず》るためのもののようで小さく、木製の鞘《さや》がついていたから職員はうっかり見落としてしまったのだろう。

どうする。嘉子は後退《あとずさ》りながら考えた。大声を出しても、職員の耳に届くとは限らない。逆上され、刃物を振《ふ》り回《まわ》されてはことだ。

「落ち着いて。お話を伺《うかが》いますから」

「もういいわ」

老女の目は血走っている。

「ふん。偉《えら》そうに。何様のつもりで人を裁きけつかる」

壁伝いに手を伸《の》ばすと、デッキブラシに触《ふ》れた。これだ、とひらめき、柄《え》をつかんで体の前に構えた。

お茶の水高女時代に習った薙刀《なぎなた》の態で応戦していると、通りかかった男性職員が異変に気づいて洗面所に入ってきた。たちまち老女は取《と》り押《お》さえられ、刃物を取り上げられた。

「お怪我《けが》はありませんか」

洗面所の前を通りかかった別の職員も、嘉子に駆《か》け寄《よ》ってきた。

「わたしは平気。何ともないわ。あまり大袈裟《おおげさ》に騒《さわ》がないでちょうだい。悪気があったわけじゃないと思うから」

「何をおっしゃいます。相手は刃物を持っていたんですよ」

「ええ。でも、怪我をさせられたわけではないもの。ごめんなさい、驚《おどろ》かせて。わたしより、あの方を気にかけてあげて」

怪我をせずに済んでホッとした。自分のためというより、老女のために。ただでさえ民事事件で胸を痛めているところへ、裁判官を傷つけたとして騒がれ、刑事罰《けいじばつ》まで重なったらと、気が気でなかった。

「わたしは大丈夫《だいじょうぶ》。大丈夫だから――」

嘉子は職員に笑顔《えがお》を見せ、朗《ほが》らかな声を立ててみせた。

いつから待ち伏せしていたのか。老女は憎悪《ぞうお》を剝き出しにしていた。刃物で襲《おそ》われかけたこと以上に、そのことに打ちのめされた。

とても残業どころではなく、残りの仕事は官舎ですることにして、嘉子は裁判官室を後にしたが、裁判所を出てすぐに足が止まってしまった。今の自分がどんな顔をしているか、嘉子は鏡を見なくてもわかる。このまま帰宅すれば、芳武を不安にさせるだけだ。

かといって、乾太郎に会う気分でもない。

今は女性としてではなく、裁判官として語れる相手が欲《ほ》しかった。逡巡《しゅんじゅん》した後、嘉子は同僚の内藤頼博《ないとうよりひろ》を訪ねることにした。

六つ年上の裁判官で、今は同じ東京地方裁判所で働いている。

信州高遠藩《しんしゅうたかとおはん》内藤子爵《ししゃく》家の第十五代当主に当たるという毛並みのいい人だが、気さくで話しやすい。乾太郎と嘉子を引き合わせた人でもあり、仕事の上でも私生活のことも、何かと心を配ってくれる。

「さあ、入って和田さん。今、温かいものを淹《い》れよう」

内藤は優《やさ》しい面持《おもも》ちで言い、嘉子を官舎へ通した。

老女が起こした一件のことも耳にしているようだ。嘉子をリビングのソファへ座《すわ》らせ、牛乳を温め、そこに砂糖を入れたものを出してくれた。

「いただきます」

カップを受けとろうとして、嘉子は自分が震えていることに気づいた。

「すみません――」

「気にしなくていい」

内藤はカップをテーブルへ置き、嘉子の隣《となり》へ腰《こし》を下ろした。

「今日は大変だったね」

「お騒がせして申し訳ありません」

「和田さんが謝《あやま》ることじゃないだろうに。あなたは被害者なんだから」

「いいえ。わたしが至らないせいです。あの方があそこまで追《お》い詰《つ》められたのは、裁判の内容に不服があったからでしょう。ですから、わたしのせいなんです。判事として不適格かもしれない」

最後の一言を打ち明けるために訪ねてきた。

しかし、内藤は黙っている。判事は独立して職務を行う。よりどころになるのは己の良心。進退についても己で決めるべきだと、内藤は考えているのだろう。

事件当事者に不服を抱《だ》かせたのは、己の能力不足ゆえ。そのことを嘉子は痛感していた。もっと力のある判事が担当していたら、老女はこんな騒ぎを起こさなかったかもしれない。

自分では、頑張っているつもりでいた。

東京地方裁判所で判事補になったのを皮切りに、前任地の名古屋地方裁判所でも民事事件を数多く扱った。その経験を東京地方裁判所でも活《い》かすつもりでやっていた。地道に経験を重ね、今は中堅《ちゅうけん》どころの判事として、右陪席を務めている。

毎朝早くに官舎を出て、昼食を満足に摂らず夜遅《よるおそ》くまで仕事して。週末も仕事を持ち帰り、一日のんびり過ごすことは年に数えるほど。芳武と二人でサイクリングに出かけるのも月に一度がせいぜい。自分のための時間を削り、仕事にすべてを捧《ささ》げてきた。

そういう驕《おご》りの隙《すき》を突《つ》かれた。

女だからと甘えることはしない。

自分にそう強《し》いる傍《かたわ》ら、弱い立場にいる人を見る目が、いつしか傲慢《ごうまん》になっていたのかもしれない。弱いことを盾《たて》に怠《なま》けているから駄目《だめ》なのだと、一瞬でも考えたことはなかったか。

弱い立場にいたことは、嘉子にもある。疎開《そかい》先でへっぴり腰《ごし》を嗤《わら》われ、頭を何度も下げないと食べものを分けてもらえなかった。

好きで弱い立場にいるのではない。踏《ふ》みにじられれば、誰《だれ》しも自尊心が傷つく。

法廷では原告と被告《ひこく》がそれぞれに主張し、裁判官が判決を下す。主張が通らなかった者は、不本意な結果を呑《の》むしかない。判事はそういう力を有している。

法が持つ力を、法を司《つかさど》る者は忘れてはならない。

「わたし、あの方に襲われて良かったと思っているんです」

強がりではなく、本心だった。

「おかげで裁判の怖《こわ》さをあらためて思い知りました」

裁判官は人の人生を左右する権利を有している。だからこそ、自分も法律家である前に、ただの人間であることを忘れてはならない。

昔、アメリカで出会った銀髪《ぎんぱつ》の裁判官も言っていたではないか。

――個人の感情に振り回されないよう注意するのは大切なこと。でも、自分が感情を持った一個の人間であることも、やっぱり忘れちゃいけないのよ。

当時は裁判官になりたてで、いかにも青臭《あおくさ》かった。あれから七年を経て、経験を積んだ代わりに、軌道《きどう》修正が必要な時期に来たのかもしれない。

一歩間違《まちが》えれば死んでいた。役所の洗面所で刺《さ》し殺《ころ》されていたかもしれない。今になり、刃物を向けられたときの恐怖《きょうふ》が蘇《よみがえ》る。

「運が良かったんだわ」

鼓動《こどう》が落ち着くのを待ってつぶやく。

「職員が気づいてくれなかったら、わたし刺《さ》されていたわね。洗面所には逃《に》げ場《ば》がないから」

「なぜ老女が刃物を持ち込めたのか、事実確認《かくにん》をして、再発防止策を打とう。今後、同種の事象が発生しないように。和田さんだけじゃない。あらゆる判事に起きうる事象だと、ぼくは思う」

内藤は真摯《しんし》な目で嘉子を見た。

「裁判は人の人生を左右する。同じ人間の判事が裁く以上、どうしたって恨《うら》みを抱かれることはある。ぼくたちの仕事はそういうものなんだ」

「人が人を裁くんですものね」

「そう。法は権威《けんい》だから。ぼくも怖い目に遭《あ》ったことがある」

「でも、法曹《ほうそう》を辞《や》めようとはお思いにならないんですね」

「思わないな。格好つけているわけじゃないけど、ぼくは判事の仕事が自分の宿命だと信じているから。だとしても、恨まれるのは怖いよ。自分だけでなく、家族もいるから」

正義を貫《つらぬ》くには覚悟《かくご》が要《い》る。だとしても裁判官も、法衣《ほうえ》を脱げばただの人。刃物を見れば怯《おび》えるのが当たり前。それでも、辞められない。

「これを機に、役所全体の警備態勢を見直すよう、わたしから提言します」

今の仕事がやはり好きなのだ。嘉子はこれからも裁判官として生きていく。

その一件を経て、嘉子は乾太郎の求婚《きゅうこん》を受け入れた。

十年独り身でやってきたが、そろそろ誰かに頼《たよ》りたい。乾太郎は愛情豊かな紳士《しんし》で、亡き芳夫と同じく誠実だ。趣味《しゅみ》も合うから、退官後も仲良くやっていけるだろう。

「好きにすればいいよ。ママの人生だ」

初めは渋《しぶ》っていた芳武も折れた。

裁判所で襲われかけた一件を機に、母親の仕事の特殊《とくしゅ》性をあらためて意識したようだ。

ひょっとしたら、裁判官なんて辞めてほしいと、内心では怖がっているかもしれない。

が、嘉子は次の日も普通《ふつう》に出勤した。怖い目に遭っても、平気な顔で仕事を続ける母親の姿を見て、芳武なりに思うところがあったのだろう。

「でも、ぼくは三淵にはならない」

再婚後、嘉子は三淵姓《せい》を名乗ったが、芳武は和田姓のままでいることを望んだ。

名前が変わると学校で面倒《めんどう》だと言っていたが、亡き父の名字を捨てたくないのだろう。それでいいと、嘉子も思った。芳武がそうすることを芳夫も草葉の陰で喜んでくれる気がする。

嘉子四十一歳《さい》、乾太郎五十歳。

昭和三十一（一九五六）年八月、結婚式《けっこんしき》を挙げた。二度目の、それも四十を過ぎて花嫁《はなよめ》衣装を着るのは照れくさかったが、乾太郎は終始ご満悦《まんえつ》の笑みを浮《う》かべていた。

3

うちのパパとうちのママと並んだとき　大きくて立派なのはママ
うちのパパとうちのママと喧嘩して　大きな声でどなるはいつもママ
嫌《いや》な声で謝るのはいつもパパ

すっかり声変わりの済んだ太い声で、芳武が歌う。

「お止めなさいな、食事中よ」

乾太郎の長女の那珂《なか》が窘《たしな》めても聞こえない振り。

シャンソンの『モン・パパ』は以前、最高裁事務総局の家庭局に勤めていた頃によく歌った。残業の後、同僚と焼酎《しょうちゅう》で一杯《ぱい》やっているときに、自慢《じまん》の喉《のど》を披露《ひろう》しては座を盛り上げていたのだ。

ほろ酔《よ》いで当時住んでいた登戸に帰り、輝彦の家へ芳武を迎えに行き、二人暮らしのアパートに帰る道すがら、鼻歌で口ずさんでいた。子守歌《こもり》として毎日のように聞いていたから、今もよく憶《おぼ》えているのだろう。

「うちのママ、ヒステリー。暴れてどなるはいつもママ――」

「止しなさいって言ってるでしょう」

「頭下げるはいつもパパ」

叱られるのが愉快《ゆかい》だとばかりに、芳武は人差し指でリズムを取り、声を張り上げる。

「もう！」

那珂は目を吊り上げ、憤然《ふんぜん》とした。

嫌なら来なければいいのに。

嘉子は呆《あき》れて肩《かた》をすくめた。那珂が家の中を引っかき回すのはいつものこと、いちいち相手にしていられない。もっとも、あちらからすると、引っかき回しているのはこちら側ということになっているみたいだけど。

結婚式の後、嘉子は芳武を連れて乾太郎の家に引っ越した。

八月に式を挙げて四カ月。初めて三淵家で年の暮れを迎えようとしている。

三十日に御用納《ごようおさ》めをして、短い休暇《きゅうか》に入った。嘉子は久し振りに朝寝坊《あさねぼう》をして、日頃《ひごろ》の寝不足を補った。

さっきまで隣で一緒に寝ていた乾太郎の寝間着が枕《まくら》もとに畳《たた》まれてある。どうも那珂が来ているようだ。仕方ない、起きるとするか。

身支度《みじたく》を済ませてリビングへ行くと、案の定、那珂の姿があった。ソファの真ん中、いつも嘉子が座る定位置に腰を下ろしている。

「いらっしゃい」

「おはようございます。もう十時を回っていますけど」

「役所は昨日が御用納めだったから、いつも以上に帰りが遅かったんだよ」

嘉子の代わりに、乾太郎が応えた。

今日は目の詰《つ》まったセーターにコーデュロイのズボンを合わせている。仕事をしているときの背広姿はバリッとして素敵《すてき》だが、普段着《ふだんぎ》の乾太郎も肩の力が抜けていていい。今日は一家総出で大掃除《そうじ》をする。それで動きやすいなりをしているのだろう。

嘉子も家ではセーターを着て、楽なスカートを履く。

乾太郎がめずらしく家にいるから、リビングには子どもたちが集まっていた。テーブルには、那珂の手土産《みやげ》のテリーヌがある。

嘉子に芳武がいるように、乾太郎にも前妻との間に四人の子どもがいた。長女の那珂は裁判官と結婚《けっこん》して家を出ているが、次女の奈都《なつ》、三女の麻都《まつ》、長男の力《ちから》は親元に残っている。

中学生の息子との二人暮らしだったときと比べ、ずいぶん賑《にぎ》やかになった。まるで娘時代の頃のようだ。武藤《むとう》家も子どもが五人いた。そこへ書生が加わり、いつでも笑いが絶えなかった。騒がしいのは筆頭が嘉子だったが、下の弟たちも負けていなかった。それぞれが話し出すと、もう何を言っているかわからなくなり、信子が呆《あき》れ顔《がお》で間に入り、話の舵《かじ》を取ることもしょっちゅうだった。

三淵家では違う。食事のときは嘉子一人が賑やかで、相槌《あいづち》を打つのは乾太郎と芳武だけ、残りの子どもたちはおとなしくしている。まだ継母《けいぼ》の嘉子と馴染《なじ》んでいないのだ。仕事で家にいる時間が少ないせいもあるだろう。

しかし今、リビングがおかしな雰囲気《ふんいき》になっているのは、嘉子と那珂のせいだった。

二人の口喧嘩《くちげんか》を誰も止められず、オロオロしている。なに、初めてのことではない。再婚して以来、何度も揉めている。

那珂は嘉子が何か喋《しゃべ》ると、すかさず張り合ってくる。

裁判官の夫と近くの官舎に住んでいる那珂は、しょっちゅう実家へ顔を出す。嘉子の粗《あら》を探すために。

嫁《とつ》いで自分の家を作っているのだから、実家のことは放っておけばいいじゃないと思うが、那珂は弟妹《ていまい》のために忙しい合間を縫《ぬ》って、実家へ顔を出しているのだという。

しかし、次女の奈都は二十一、三女の麻都は十八、長男の力も十四で、芳武より一つ年上だ。嫁いだ長女に心配されずとも、文句があれば直接嘉子に言えばよし、継母で気が引けるというなら、実の父親の乾太郎に言うだろう。那珂が出張ってくることはない。

要するに、嘉子が嫌いなのだ。父親の後妻だから。何をしても気に入らず、やることなすこと腹立たしい。そういうことだ。

今日諍《いさか》いとなったのは年越《とし こ》し蕎麦《そ ば》について。嘉子がうどんを食べたいと言ったら、非常識だと那珂がケチをつけた。

「年越しと言えば蕎麦に決まっているでしょう」

「うちの実家ではうどんだったわよ。両親の郷里が香川だから」

どっちでもいいと思いつつ、性分《しょうぶん》で黙っていられない。それが那珂の気に障り、次第に話のなりゆきがおかしなふうになる。

「三淵家では、年越しにはお蕎麦と決まっているんです」

「うどんもおいしいわよ。だったら、大晦日《おおみそか》は年越し蕎麦にして、年明けにうどんをいただくのはどう？」

「元日にうどん、って――。そんな粗末《そまつ》なものはお祝い料理になりませんよ。三淵家では、毎年母がお節料理《せちりょうり》を作っていたんです」

「お節料理なら、うちは料亭《りょうてい》に注文していたけど」

「贅沢《ぜいたく》ですね」

「一年に一度のことだもの」

「でも、お節料理はその家の伝統料理ですよ。料亭なんて。出来合いの味でお正月を迎えるなんて、わたしは嫌だわ」

「お雑煮《ぞうに》くらいは作るわよ」

むっとして言い返しても、那珂は聞こえない振り。

「家政婦さん付きで嫁いできたお義母《かあ》さんには無理ですよね。お節料理なんて」

嘉子を料理下手と決めつけ、わざとらしいため息をつく。

厭味《いやみ》な子。

時間があれば、嘉子だって台所に立つ。お節《せち》を作ったことはないが、やってやれないことはないはず。

那珂は、嘉子が家政婦の郁子を引き連れて、嫁《よめ》にきたのが気に入らないのだ。乾太郎の亡き妻は家庭的で、病気になるまでは家事を一手に引き受けていたというから。が、郁子は申し分のない家政婦で、すぐに三淵家の台所の使い勝手も覚えた。家族には不自由されていない。那珂に文句を言われる筋合いはないはずだ。

「やっとお母さんの喪《も》が明けて、お正月を迎えられるというのに。わたし心配」

「ご無用に願うわ」

「お義母さんのことは心配していません。お父さんと妹弟に同情しているんです。いいわ、お節料理もお雑煮も、わたしが作りに来るから。元日からうどんを啜《すす》らされるなんて気の毒だもの」

「うどんのどこが悪いの！　おいしいじゃない」

「ここは役所じゃないんです。わたしは部下じゃないんです。怒《ど》鳴《な》らないでください。隣近所から苦情が来たら、あなたはよくても父が恥《はじ》を掻《か》くんですからね」

「那珂――」

たまらず仲裁《ちゅうさい》に入ろうとした乾太郎を手で制し、嘉子は言った。「いいのよ、黙ってて」いい加減、勝負をつけるときだと思っていたのだ。

「こうなったら、はっきりさせようじゃないの。あなた、うどんと蕎麦のどちらが上と思っているの」

「はあ？」

この相槌だ。年長者として冷静でいようと思っても、こんな反応をされれば、否《いや》が応《おう》でも頭に血が上る。

「上かどうかは知りませんけど、年越しと言えばお蕎麦よ」

「そう言うと思った。頭が固いこと」

笑い飛ばしたら、那珂は眉間《みけん》に皺《しわ》を寄せた。怒《おこ》ってる、怒ってる。

「いい？　うどんを馬鹿にするんじゃないわよ。年越しうどんは、古来長寿《ちょうじゅ》を祈《いの》る縁《えん》起物《ぎもの》として食べられてきたものなんです。太くて長いうどんを家族みんなでいただき、来たる年の幸せを願うの。蕎麦なんて細っこくて全然駄目よ」

本当は蕎麦も好きだが、那珂の手前そう言っておく。

「とにかく、うちでは年越し蕎麦なんです」

「あらそう。だったら、あなたは来なくてもいいわ。どうぞご主人とゆっくり、婚家《こんか》でお正月を過ごせばいいじゃないの。嫌いな継母のいる実家になんて顔を出さずに」

「そういうわけにいきませんよ。こうやって継子《まま こ》を邪魔《じゃま》にする意地悪な継母のもとに、妹と弟がいるんですもの。長女としては心配で、夜も眠れないわ」

「わたしなんて、いつもろくに寝ていないわよ」

「働いているからでしょう」

「ええ、そう。忙しくて。今日だって、家に資料をどっさり持ち帰ってきたのよ」

「でしたら、どうぞお構いなく。ご遠慮《えんりょ》なくお仕事なさって。あとは長女のわたしにお任せください。家族水入らずにやりますから」

ああ言えばこう言う。

すぐに人の揚《あ》げ足《あし》をとって、嘉子をよそ者扱《あつか》いして。

那珂にとっては亡き母が一番だろうが、おあいにくさま。三淵家の今の女主人は嘉子だ。

昔から、売られた喧嘩は買うタイプだ。

継母は自室に引《ひ》っ込《こ》めとまで言うなら、追い出すまで。口では負けない。そっちが三人の弟妹を抱える長女なら、こちらの弟は四人。数の上でも勝っている。

「水入らずと言うなら、帰るのはあなたですよ。ここは三淵家。あなたはもう、よその家の方でしょ」

「まあ――」

意地悪で結構。

望まれて再嫁《さいか》してきたのだ、まだ何か悪態をつくなら手加減はしない。

那珂は真っ赤な顔をして震えており、乾太郎は頭を抱え、奈都と麻都は身を縮めていた。我関せず、といった態で強がる力も、しきりに貧乏揺《びんぼうゆ》すりをしている。

芳武が『モン・パパ』を歌い出したのはそのときだった。

「出鱈目《でたらめ》言う、それはパパ。胸《むな》ぐらをとる、それはママ」

静まり返ったリビングに、調子外れな歌声が響《ひび》く。

さすがの那珂も、興がそがれたみたいな顔をしている。

ひどい音痴《おんち》は子どもの頃からだ。那珂はもちろん、奈都や麻都や力も呆気《あっけ》に取《と》られている。

「うちのママ、角が出る」

嘉子を見ながら、両手の人差し指を頭のところで立て、芳武は歌う。

この子は、もう——。

小学生のときは、すぐに授業を抜《ぬ》け出《だ》す問題児だった。

勉強嫌いで先生に呼び出されるのもしょっちゅう、嘉子が仕事に行っている間預けていた、弟の輝彦夫婦《ふうふ》も手を焼かされた。どう育てたものかと、早死にした芳夫に助けを求めたくなることもあったが、何のことはない。やはり、優しい芳夫の子だ。嘉子がいじめられているとなれば、道化役《どうけ》を買ってでも助けてくれる。

「後から笑うのはいつもママ」

嘉子が続きを歌うと、芳武は目許《めもと》をくしゃりとさせた。

「パパの一番大きなものは、靴下の破れ穴！」

最後は二人で唱和した。

「何なの、いったい――」

那珂は呆気に取られていた。

わかるはずがない。昔、嘉子が芳武と二人、どんな暮らしをしてきたか。歌わなければ、やっていられなかった。泣く代わりに、声を張り上げ、自分と芳武を鼓舞《こぶ》してきたのだ。

芳夫の帰りを待って、疎開先の福島で『戦友』を歌い、ようやく司法省で嘱託《しょくたく》に採用してもらったときには『モン・パパ』を歌った。

同僚みんなが好きだった流行歌『リンゴの唄《うた》』も、芳武を背負って輝彦の家からアパートへ帰る道すがら、口ずさんで覚えた。

『モン・パパ』に出てくる父親は芳夫みたいだ。

優しくて、気が弱くて。何よりママが大好きで。『モン・パパ』を歌うと、いつも胸がしんみりして声が湿《しめ》った。

同じように、那珂たちにも嘉子の知らない思い出があるのだろう。那珂が嘉子に剣《けん》突《つく》を食らわせるのは、母恋《こい》しさの裏返し。そう思えば、さして腹も立たないはずなのに、性分で、憎《にく》まれ口《ぐち》を叩《たた》かれると、つい言い返してしまう。芳武が歌い出さなければ、ひどい罵《のの》り合《し》いになっていたことだろう。

気分を害した那珂が帰った後、一家で黙々《もくもく》と大掃除をした。網戸《あみど》を外して洗い、障子を貼《は》り替《か》えた。

怒っていたわねえ。

乾太郎の助手について障子貼りをしながら、嘉子は思い返した。

那珂は芳武に邪魔され、消化不良の面持ちでぷりぷり帰っていった。

お正月には、乾太郎の実家へ挨拶《あいさつ》に行くことになっている。初代最高裁判所長官の忠彦はもう亡くなっているが、その連れ合いの静は健在だ。元日に夫婦で顔を出し、そのまま一泊《ぱく》する。親類や忠彦の古い知り合いも大勢挨拶に訪《おとず》れるだろうから、のんびり過ごせるのは今のうち。

そう、売り言葉に買い言葉で、年越しに蕎麦なら、年明けにはうどんと言ったが、実際は静のところでお節料理を食べるのだ。

嘉子に乾太郎を引き合わせたのは、裁判官の先輩《せんぱい》の内藤頼博だが、彼《かれ》は静に頼まれたらしい。あの人と息子の仲を取り持ってやってくれないかと。亡き忠彦や静とは、再婚話が出る前から交流があった。静と初めて会ったのは、嘉子がアメリカの視察から帰ってきた頃。忠彦が亡くなったと知り、裁判所の同僚と弔問に伺ったのだ。静は嫁が病で亡くなってすぐ、息子の向後《こうご》を考え、後妻を見つけたいと考えたのだろう。嘉子のことは、丸ぽちゃで丈夫《じょうぶ》そうなところが気に入ったのかもしれない。

那珂が知ったら傷つくと思うから、嘉子はそのことを伏《ふ》せている。

再婚したのは、喪が明けてすぐ。子どもにとっては辛《つら》かったのだと想像もつく。名古屋で勤務していた頃には、夜に乾太郎へ電話することもあった。那珂にも何度か取り次いでもらった。

那珂が反発するのは、それだけ母親を大事に思っている証《あかし》。乾太郎には表立って何も言わなかったそうだが、那珂はまだ親元で暮らしている妹と弟の気持ちを慮《おもんぱか》り、嘉子に爪《つめ》を立てるのだ。

何だ。良《い》い姉さんじゃないの。

そう思ったら、那珂がいじらしくなった。

気に入らないときに、素直《すなお》に顔へ出るのもわかりやすくていい。ぽんぽん憎まれ口を利くのも、お腹の中で毒づかれるよりましだ。

障子貼りの後、おやつに那珂の手土産のテリーヌを食べた。

「あら、おいしい」

野菜がゼリー寄せにしてあって、つるんとして口当たりがいい。

味付けは何だろう、コンソメか。洒落《しゃれ》て見栄《みば》えもするから、金の縁飾《ふちかざ》りのついた皿に盛って出せばちょっとしたご馳走《ちそう》になるし、柔《やわ》らかいから、年配者の口にも合いそうだ。

官舎には、ありがたいことに電話がついている。

嘉子は交換手《こうかん》を呼び出し、那珂につないでもらった。

「あのね、お正月に乾太郎さんの実家へお料理を持っていきたいの。今日持ってきてくれたテリーヌ、おいしかったから作り方を教えてもらえないかしら」

どんな返事が来るかと身構えていたら、

『……少々手が掛かりますよ』

思ったより素直な声が返ってきた。那珂は那珂で、思うところがあったのだろう。

「いいわ。あなたが教えてくれれば、きっとできると思うの」

明日、料理ノートを持ってきてくれるという。

自分も年末で忙しい。要領の悪い嘉子につきっきりで教えられるほどの暇はないが、手製のレシピを教授してもいいそうだ。

口の減らない子だ。

でも、それはお互《たが》いさま。結局、不承不承訪ねてきた那珂を夕方まで付き合わせ、嘉子は海老《えび》とパセリのテリーヌを作った。

今から夕飯を作っても夜になる、と嘆《なげ》く那珂の夫も呼び、乾太郎が取って置きのワインを開け、いつも以上に賑やかな食事となった。

乾太郎の隣で、嘉子はたくさん笑った。那珂の夫はしばらく緊張《きんちょう》していたが、やがてワインが進むと、赤い顔で仕事上のアドバイスを求めてきた。嘉子は乾太郎に返答してもらおうとしたが、「ぼくは今、調査官だから。実際に法廷へ出ている君が応えてやるといい」と、妻を立てた。

しばし考え、嘉子は法曹が負う責任の重さについて話した。去年、事件当事者の老女に襲われたときのことは、今も胸にある。原告も被告も、法曹も同じ人間だと忘れてはならない。あの一件以来、嘉子は初心に戻った気持ちで法廷に立っている。

夫が感心した面持ちで嘉子の話を聞いているのを見て、那珂も少しは見直してくれたかもしれない。今度はパイの焼き方を教えてもらう約束をした。お返しに嘉子が麻《マー》雀《ジャン》のルールを教えると言ったら、白い目で睨まれたが。

奈都と麻都も終始楽しそうにしていた。初めて作ったテリーヌは形こそ不格好だったが、味は上出来だった。力と芳武がお代わりしたのだから、自信を持っていいはずだ。

4

広島、長崎の被爆者の遺族が国を訴えた国家賠償事案に、東京地方裁判所が判決を下したのは昭和三十八（一九六三）年十二月七日だった。

東京オリンピックの前年で、世間ではようやく戦後が来たと言われていた。

昭和三十（一九五五）年に訴状《そじょう》を受けとって以降、八年に及《およ》ぶ審理《しんり》を経て、ようやく判決に至った。

準備手続きに二十七回、口頭弁論は九回行った。事案を担当したときから、きっと長くなるとは覚悟していたが、結果八年もかかってしまった。原告代理人で訴状を書いた岡本弁護士は口頭弁論が始まる前に病没《びょうぼつ》しており、その後は若手弁護士が引《ひ》き継《つ》いだ。

事案を受け持ったとき四十一歳だった嘉子も、今では四十九歳。五十の大台も目前だ。判決の少し前、東京地方裁判所から家庭裁判所へ異動となったが、嘉子は古関裁判長、高桑《たかくわ》昭《あきら》と共に、判決文に名を連ねている。

原告が求めた国への損害賠償は棄却《ききゃく》した。

冒頭《ぼうとう》の主文において、東京地方裁判所は被爆者への賠償を認めなかった。

結論に至るまでの論点は十一挙げてある。原爆の使用が当時の国際法に照らして合法かどうか等、一つずつ論じた上で、現行の国際法のもとでは、個人が国家に対して損害賠償請求を国内の裁判所に提訴できないとした。

ただし、原爆投下自体は国際法違反であると判断した。

古関裁判長等と十分に話し合い、下した結論だ。請求権を持たない原告に対し、裁判所は何もできない。しかしながら、戦争によって大勢の国民が亡くなり、傷害を負い、不安な生活に追《お》い込《こ》まれたのは間違いない。

嘉子自身、遺族の一人だ。

この事案を担当している間ずっと、胸の傷に苦しめられた。戦争で嘉子は芳夫を亡くした。弟の一郎《いちろう》も戦死した。丈夫だった信子と貞雄が相次いで病死したのも、戦争による気苦労が祟《たた》ったせいだと思っている。芳武も父親を喪《うしな》った。

戦争だから仕方ない。などとは言わせない。言ってはいけない。亡くなった人たちの無念に思いを馳《は》せ、疎開先の福島で味わった心細さや惨《みじ》めさを、いつまでも覚えていようと嘉子は思っている。一人の国民として。

そして、また。

一人の親として、考えさせられることも多々あった。

東京家庭裁判所に異動して以降、嘉子は少年部に所属し、多くの少年事件を扱った。

あるとき、父親殺しの事件を担当した。

被告人は少女だった。ふっくらした体つきでおかっぱの、可愛《かわい》らしい子だった。

細筆で描《えが》いたような三日月型の眉の下には、涼しげな目とちんまりした鼻がついている。前髪《まえがみ》が伸びて目にかかり、唇《くちびる》は荒《あ》れて皮がめくれていたが、それを抜きにしても聡明《そうめい》そうな顔つきをしていた。

学業成績は中程度だが明るく、同級生とも仲良くやっていたという。

だから、担任教師も友だちも、少女がどんな目に遭っているか知らなかった。事件が明るみに出たとき、学校中がひっくり返ったのだそうだ。

確かに、少女は一見朗らかだった。くるくると動く瞳《ひとみ》でまっすぐに嘉子を見て、こちらの問いにも素直に答えた。

少女は幼い頃より数年に亘《わた》り、父親に肉体関係を強要されていた。

未成年で逃《に》げ出《だ》せず、周囲に事実を打ち明けるわけにもいかない。打ち明けたところで、信じてくれる人がいるかどうか。

相手は実父なのだ。義理ならともかく、血のつながった父親が娘にそのような行為を迫《せま》るとは、世間一般《いっぱん》の人はまず思わない。

少女が父親を殺したのは、結婚を約束した恋人《こいびと》との仲を妨害《ぼうがい》されたからだった。地獄《じごく》のような環境《かんきょう》を生き、やっと人並みの幸せを得られると夢見たところを妨害され、もう嫌だと思ったのだという。

そのくだりを語る段になって、それまで朗らかだった少女の顔が崩《くず》れた。

自分の身に置《お》き換《か》えて考えることはできなかった。

少女の置かれた境遇《きょうぐう》の過酷《かこく》さを思うと、同情することも不遜《ふそん》に思え、嘉子は己の感情に蓋をした。

学校にいる間は安全だが、放課後が近づくにつれて胸が沈んでくる。父親の待つ家へ帰るのは地獄だった。

やがて恋人ができ、地獄を脱《ぬ》け出《だ》す望みが出てきた。結婚の約束を交《か》わしたときは天にも昇る気持ちになったそうだ。そのせいで父親が恋人の存在に気づき、仲を引《ひ》き裂《さ》いたときには、今までよりもっと深く地獄に嵌《は》まっていた。

子どもは親から逃《のが》れられない。

少女の告白を聞くうち、堪《た》えきれずに涙《なみだ》が出た。上を向いたが遅かった。仕方なしにハンカチを出し、そっとぬぐうと、少女と目が合ってよけいに泣けた。

東京地方裁判所で初めて会ったとき、近藤《こんどう》裁判長は言ったものだ。

――あなたが女性だろうと特別扱《とくべつあつか》いはしませんよ。

その言葉を胸に今日まで仕事をしてきた。

嘉子は仕事場では泣かないと決めている。泣けば「これだから女は」と言われる。近藤裁判長の顔に泥《どろ》を塗《ぬ》る。イースタリングの提言で発足《ほっそく》した女性法律家の会のメンバーや、後輩《こうはい》たちに迷惑《めいわく》をかけないためにも、役所では涙を封印《ふういん》していた。どんなに悔《くや》しいことがあろうと、顔で笑って心で泣いてやってきた。

それでも、このときばかりは堪えられなかった。

人の命は重い。父親殺しの少女の罪は、許されることではない。でも、ならばどうすれば良かったのか。

あの少女のことは後々まで尾を引いた。

殺された父親と殺した娘のどちらが気の毒なのか。己の信じる正義や良心は正しいのか。

判事として、これほど辛い事案はなかった。

芳武を育てる上で困難を感じたことは多々ある。

そのうち最も嘉子の頭を悩ませたのが、親が自分ひとりということだった。

嘉子は貞雄と信子の両親に守られ、四人の弟たちと一緒に賑やかに育ったが、芳武は一人っ子で父親に早く死なれている。

健康に気をつけ、長生きをしてやらねばと思ってきた。それが親の務め。が、世間には、驚くほど無責任な親がいる。

先の少女の父親は言語道断だが、少年事件を担当していると、つくづく子どもを巡《めぐ》る環境の過酷さを痛感する。

窃盗《せっとう》や強盗《ごうとう》、たちの悪い事件を起こした少年事件が、次々手許《てもと》に送られてくる。書類の字面《じづら》を追うと、更生《こうせい》の可能性もないような悪党に思えるが、いざ法廷で会うと、まだ首の細い、あどけない少年だったりする。

　嘉子は少年の生育環境を丁寧に調べた。保護者の中には反発する者もいたが、そこは判事の権威を用い、少年がどんな境遇に置かれているのか、調査官の資料で足りなければ、本人に語らせた。

　満足に三度の食事も摂れず、ひもじい思いをしている少年は多かった。戦争が終わり、東京でオリンピックを開催《かいさい》するまで国が発展しても、貧困《ひんこん》はそこかしこにはびこっている。

　自分も母親だからか、過酷な境遇に置かれている少年の話を聞くと、切なくなって泣けてくる。父親殺しの少女の事件以降、嘉子は法廷で喜怒哀楽《きどあいらく》を隠《かく》さないことにした。この涙は違う。「これだから女は」と誹《そし》られる類のものではないのだ。

　目が合ったとき、少女は驚いたようだった。それまでかぶっていた朗らかな仮面の下から、本来の表情が出てきた感じがした。

　少女が抱いてきた怒《いか》りや悔しさ、悲しさが、素の顔に出ていて、泣けてしょうがなかったことを、嘉子は今も憶えている。子どもは親を選べない。が、やはり人の命は重いのだ。たとえ鬼畜《きちく》のような父親であっても。法の力を司る裁判官として、そこはどうしても譲《ゆず》れない。嘉子にできるのは少女の幸せを願うこと。いつか生きていて良かったと、思えるときが来るよう祈るばかりだ。

昭和四十（一九六五）年四月。

嘉子は判事の仕事をする傍ら、母校である明治大学短期学部の講師となった。

昭和七（一九三二）年、十七で入学したときには専門学校だったが、戦後の教育制度改定で、母校は二年制の短期大学になった。

もっとも、新制の明治大学にも法科、商科がある。短大には同じ学科を設けられないため、このときも母校は消滅《しょうめつ》の危機に晒《さら》されたが、明治女子部はごく小さな学校ながら、弁護士や裁判官を輩出《はいしゅつ》している。その歴史的価値を文部省が認め、短期大学が誕生した。戦時中から終戦にかけても民法を教えていた母校へ、嘉子は裁判官の肩書《かたが》きを持つ講師として五十で戻ってきた。

ここで嘉子は七年、講師を務めた。

家では、奈都と麻都を嫁に出した。那珂とは相変わらず喧嘩をするけれど、後には引かなかった。お互い胸に思っていることは黙っていられない同士だから、ぶつかることも多いが、次の日にはケロリとして水に流せる。もっとも、こちら側がそう思っているだけかもしれないが。

乾太郎とは裁判官同士、転勤で離ればなれになることも多かった。

嘉子が東京にいる間、乾太郎は甲府《こうふ》へ転勤となった。結婚するときから覚悟はしていたが、いざ異動の内示を受けるたびに寂《さび》しい。

「そんな歳になっても、夫が恋しいものなの？」

芳武には不思議そうに言われるが、当たり前だ。

「だって、乾さんがいないと晩酌《ばんしゃく》の相手がいないもの」

結婚前は三淵さんと呼んでいたが、自分も同じ姓となってからは、乾さん。あちらは嘉子さんだ。

「ぼくで良ければ、お相手しようか」

「まあ、優しいのね」

いつの間にか芳武も大人になった。今は大学に残って生物の研究をしている。勤め人には不向きな子だから、将来が心配だったが、どうやら良い仕事を見つけたようだ。

中学時代に母が再婚したときには内心反発もあったろうが、性根《しょうね》は父親譲りで情が深い。

といって、いざ晩酌の用意を始めると、「やっぱり無理。用事ができた」と逃げ出す気儘《きまま》さは相変わらずだ。

とはいえ、こちらも仕事を持ち帰っており、芳武に断られ、実はほっとしているのが正直なところだった。役所は相変わらず事件が山積みで、併《あわ》せて明治短大の講師もしているだけに、平日は瞬《また》く間《ま》に過ぎていく。

乾太郎が東京にいたときは、仕事帰りに時間を合わせ、絵画や焼き物を見に美術館へ足を運んだりしていたが、別居となると、たちまち暮らしが殺風景になる。

近頃は読むのも仕事の資料ばかりだ。アンドレ・モーロアの小説は書棚《しょだな》に差したきり、表紙もめくっていない。

たまに早めに退勤した日など、「今日こそは」と頭をちらりとよぎるのだが、夕食を済ませてお風呂から上がるとぐったりして「また今度にしよう」となる。

実際、それでいいのかもしれない。嘉子も五十の坂を越《こ》えた。自分では体力の衰《おとろ》えは感じていないものの、同年代の知り合いにはぽつぽつ亡くなる人も出てきている。

九つ年上の乾太郎はどうだろう。いくら言っても煙草《たばこ》を止めないから、肺が心配だ。運動するように勧《すす》めなくては。

そんなことを考えながら眠りについたせいか、山に登る夢を見た。

しかし、乾太郎が一緒の夫婦登山ではない。嘉子は一人で険しい山肌《やまはだ》に食らいついていた。目も眩《くら》むような急な崖《がけ》に両手両脚《りょうあし》をかけ、うんうん唸っていた。

翌朝、目を覚ましたときには、そのせいでひどく疲れていた。

憤慨《ふんがい》して、嘉子は甲府の官舎へ朝から電話をかけた。

『それは、ぼくのせいなの？』

受話器越《ご》しに、くつくつと乾太郎が笑う。

「当然でしょう。あなたの健康を心配して、そんな夢を見たんだもの」

『どうかなあ。君の見る夢まで責任は取れないよ』

「つれないわね、夫婦なのに」

『相変わらず無茶を言うね。そうか、わかった。昨夜、悪酔《わるよ》いしたまま寝たんだな』

「いいえ。昨夜は軽く一杯いただいただけ」

『君の軽く一杯は、普通の人が胸焼けするほどの量だからな』

「あなたこそ。甲府は葡萄《ぶどう》がおいしいから、毎晩ワインを召《め》し上《あ》がっているんでしょう。──何よ、その含《ふく》み笑《わら》い。さては図星ね」

『今度帰るときに、土産に持って帰るよ』

「楽しみにしてる。それより、体には気をつけて」

『君のほうこそ。ぼくが言っても聞かないだろうけど、あまり無茶はしないように』

電話を切った後、鏡を見たら顔の色艶《いろつや》が良かった。

化粧前なのに、頬に赤みが差している。目覚めはよくなかったのに、白目の色も心なしかいつもより澄《す》んでいる。

数日後、甲府から小包が届いた。

包装紙を解くと、立派な木箱に入ったワインのボトルが出てきた。便箋《びんせん》の走り書きが添えてある。

――うわばみ姫《ひめ》へ。ぼくが帰るまで待ちきれないだろうから、先に送っておくよ。

自分だって仕事が忙しいくせに、こういうことをする。

結婚してからも、乾太郎はまめな人だった。家の中のことは家政婦任せだが、嘉子を喜ばせることには腰が軽い。うわばみ姫とは、乾太郎がつけたあだ名だ。お酒が好きで底なしの嘉子をからかい、しょっちゅうそう呼んでからかう。

お酒に強くなったのは仕事柄だ。昔、最高裁事務総局に勤務していたときに鍛《きた》えられた。残業後はもちろん、出張に行けば懇親《こんしん》の席に呼ばれる。差しつ差されつ、若い嘉子は先輩に勧められると断れなかった。

あるとき、高等裁判所に出張した。

女性判事がほとんどいない頃だけにめずらしがられ、懇親の席では大いに盛り上がった。

杯《さかずき》を伏せるタイミングも読めず、気づけば泥酔《でいすい》して、しかし顔には出せず、宿舎に戻って玄関《げんかん》の戸を開けた途端《とたん》に、ばったり倒《たお》れて意識を失ったこと。もし冬なら、危《あや》うく凍死《とうし》していたところだと昔話をしたら、乾太郎は涙をにじませて笑っていた。良かったよ、生きててくれて。でなければ、ぼくは今もやもめのままだろうから。

いい夫だ。乾太郎はもちろん、亡くなった芳夫も。

幸せな再婚生活の中で、ときおり最初の結婚時代を思い出す。

芳夫にもらった結婚指輪は、今は宝石箱の中にしまってある。

左手の薬指には、乾太郎から贈《おく》られた結婚指輪を嵌めている。

嘉子はそこへ自分で買った宝石のついた指輪を重ねるのが好きだ。今も何かあると、左の薬指をさする。その日の服によってつける宝石を変えるのが楽しい。仕事中、ふと目がいくと力が出るのだ。


昭和四十七（一九七二）年六月。

転勤の辞令が下った。

新潟家庭裁判所の所長。嘉子は日本で初めての女性裁判長に任命された。

第五章　家庭裁判所の母

1

女性初の裁判所長として、嘉子《よしこ》は獅子奮迅《ししふんじん》の働きをした。

昭和四十七（一九七二）年六月。

初めて新潟の地へ降り立ったとき、太平洋側との空の違《ちが》いに気づいた。梅雨《つゆ》どきということもあってか空が重い。東京を発《た》つときには青空だったのに、こちらは曖昧《あいまい》に曇《くも》った灰色で、風も湿《しめ》っている。

「ああ、新聞で見ましたよ！」

駅からタクシーに乗ると、運転手に話しかけられた。

このとき五十七歳《さい》。タクシーのミラーで興味津々《きょうみしんしん》に顔を覗《のぞ》き込《こ》まれた。そんなに見られると、目尻《めじり》の皺《しわ》が気になってしまう。

嘉子が新潟家庭裁判所で国内初の女性裁判長になることは、新聞の記事にもなった。この県の地方紙にも載《の》ったそうで、運転手は嘉子の顔を見てピンときたという。新潟に有名な女性判事が来ることは、県内でも話題になっているらしい。そんな偉《えら》い人を乗せるなんて光栄だ。運転手は嬉々《きき》として同じ言葉を繰《く》り返《かえ》し、勇んで車を走らせた。

駅前は賑《にぎ》やかだが、信濃川《しなのがわ》を越《こ》えて繁華街《はんかがい》を抜《ぬ》けると、途端《とたん》に建物がまばらになる。日本海側では新潟市は一番大きな都市のはずだが、来てみるとのどかな土地だった。官舎は古いが清潔な建物だ。

入ってすぐ手を洗ったら、水が冷たいのに驚《おどろ》いた。先に届いていた引《ひ》っ越《こ》しの荷物を開け、水道水をコップについで飲み、二度驚いた。

「あら、おいしい」

なるほど、コシヒカリを生む土地だけのことはある。

沸《わ》かしてお茶を淹《い》れても、味が違う。水がいいと、まるで自分の腕《うで》が上がったみたいに、ぱっと買っただけの煎茶《せんちゃ》も滋味《じみ》深く感じられて得だ。

初めて裁判長を拝命し、嘉子は気負っていた。

今まで以上に世間の注目も集まっている。この間、朝日新聞の取材を受け、「裁判所が男性だけで運営されるのは不公平」だと語った。今月十五日にその記事が載る。

それを読んだ職員のうちに反発を覚える者もいるだろうことは、あらかじめ予想してある。

役所で内示を受けたとき、少々複雑な気持ちを抱《だ》いた。

家庭裁判所。

所長といっても、地方裁判所は任せてもらえないのか。

昭和二十四（一九四九）年に東京地方裁判所の民事部の判事補となってから、二十年以上経《た》つが、相変わらず女は隅《すみ》に追いやられている。

役所は男社会だ。

女性の裁判官も増えてきて、八十名ほどになったが、全体の割合としては一割にも満たない。かつて視察へ行った、二十年以上前のアメリカと比べてもお粗末《そまつ》なのが現状だ。

判事として経験を積んでいるだけでは、まだ足りない。地方裁判所のトップに座るには、男社会で部下を束ね、組織をまとめる力があることを証明しなくてはならない。その意味で、嘉子はまだ及第《きゅうだい》点を取っていないのだろう。

こういう話は、いくら夫婦《ふうふ》といえども乾太郎《けんたろう》にはできない。

乾太郎は嘉子と違い、地方裁判所の所長になった。慰《なぐさ》められれば傷つくだけだし、男女差別などない、己《おのれ》の地位に不満を抱くのは客観性に欠けているからだ、などと説《せっ》諭《ゆ》されたらと考えるだけで、言われる前から腹が立つ。実際、そうではないとも限らないわけだし。

新潟は保守的な土地柄《がら》と聞いている。うまくやれるだろうか。表向きは歓迎《かんげい》してみせても、女性上司の下につくのは嫌《いや》だと考える部下もいそうだ。

思い返せば女学生時代から、保守的な世間の目と闘《たたか》ってきた。

女は良妻賢母《りょうさいけんぼ》であれ。

高等教育を受け、無駄《むだ》に知恵《ちえ》をつけるのはよろしくない。法律を勉強するなど、とんでもない。明治女子部に入って以来ずっと、そうした考えに抗《あらが》ってきた。

嘉子が厚い壁《かべ》を突破《とっぱ》できたのは、成績で力を示したから。家事労働を家政婦に任せ、男と同等に遅《おそ》くまで残業して、素直《すなお》に命じられるまま転勤してきたからだ。女だけど、女として振《ふ》る舞《ま》わず、全力で走り続けてここまで来た。

もっと上に行きたい。

司法科試験に合格したときは久米愛《くめあい》、中田正子《なかたまさこ》の二人と同時だった。

裁判官になったときは、石渡満子《いしわたみつこ》に三カ月先を越された。

やっと女性初の裁判所所長となったが、できればその先に手を伸《の》ばしたい。

六十五の定年まで残された年数を考える。今、五十七。あと七年半。もう一段上に昇《のぼ》りたいが、果たして間に合うか。

このことは、乾太郎にも言っていない。

定年で退官した夫は弁護士になった。嘉子が退官したら、一緒《いっしょ》に旅行しようと話している。それもいいが、まだその日を心待ちにする気にはなれなかった。

世間が変わるのはそう簡単なものではない。

男女差別が法で禁じられてから二十年余り。ずいぶん経ったようにも、ほんの少し前のようにも思える。優遇《ゆうぐう》されていた側からすれば、下に見ていたはずの女性が、自分の上に立つことを拒《こば》みたくなるのも無理はない。

変化の遅さが焦《じ》れったい。だとしても。

――簡単に諦《あきら》めないことだ。

もやもやするときは、かつての貞雄《さだお》の言葉を胸に呼《よ》び戻《もど》す。世の中は日々動いている。何であれ、変わっていく。歩んできた道がそれを証明している。

初登庁の日、嘉子は東京土産《みやげ》を持参し、職員に自ら配って回った。そのつもりで引っ越し荷物と一緒に、日持ちのする小袋《こぶくろ》入りの菓子《かし》を送っておいた。

「そういうことは事務員がやりますから」

書記官の男性に言われたが、「いいのよ」と嘉子は続けた。

地方裁判所の職員の数はたかが知れている。自分で配っても、大した手間が掛《か》かるわけでなし、手渡《てわた》しのついでに挨拶《あいさつ》を交《か》わして、職員の顔と名前を覚えられるのだから効率的だ。歓迎会が開かれる前にはもう、全員の名前を覚えていた。挨拶をするときには相手の名前を呼び、こちらから話しかける。昔、貞雄が銀行でやっていたことの真似《まね》だ。

ニューヨークから日本へ戻《もど》ってきてすぐの頃《ころ》、信子《のぶこ》が夕食に茗荷《みょうが》のおみおつけを出した。

――こんなものを食べたら、せっかく覚えた部下の顔と名前を忘れる。

貞雄は理不尽《りふじん》な文句を言い、逆に信子から叱《しか》られた。

――だったら、自分でお好きなものを召《め》し上《あ》がりなさいな。

日頃《ひごろ》子どもたちに好《す》き嫌《きら》いを言うことを禁じていた信子は、夫の我《わ》が儘《まま》に角を出し、やり込《こ》めたものだ。

結局、貞雄はぶつぶつ言いながら、茗荷を食べた。それで部下の顔や名前を忘れ、問題になったとは聞いていないから、どうにか覚えたのだろう。

当時は嘉子も子どもで、たわいない夫婦喧嘩《げんか》を笑って見ていただけだが、あるとき茗荷で思い出した。帰国した貞雄が最初にしたのは、部下の顔と名前を覚えること。役職や肩書《かたが》きではなく、人として付き合う。それが貞雄の流儀《りゅうぎ》だったのではないかと思い至った。

その流れで、かつて書記官との関係に悩《なや》んでいたときのことも蘇《よみがえ》った。名古屋《なごや》時代のことで、男の判事には愛想《あいそ》がいいのに、嘉子には素っ気ない書記官がいた。嫌がらせをされるわけではないが、気分は悪い。

どうしたものかと考えていたとき、家政婦が夕食に茗荷のおみおつけを出してきた。

香味《こうみ》野菜が苦手な芳武《よしたけ》が箸《はし》でよけるのを叱ったら、はたと懐《なつ》かしい笄町《こうがい》の座敷《ざしき》での食事風景が頭に浮《う》かび、貞雄の真似をしてみようと思いついた。

次の日から、朝おはようと挨拶するとき、その書記官の名前を呼びかけてみた。

それまでは、反発するなら結構、と嘉子のほうからも距離《きょり》を置いていたのだ。女だからと侮《あなど》る部下にへつらう必要はない。嫌《きら》われても平気だと突《つ》っ張《ぱ》っていた。が、よく考えたら、お互《たが》いさまだ。

両者が壁を作っていれば、お互いにとりつく島がない。嘉子は先に折れ、胸襟《きょうきん》を開いた。わからないことは素直に教えを乞《こ》い、様々な場面で意見を聞いた。もっとも、一朝一夕《いっちょういっせき》でどうにかなるものではない。相変わらず書記官には木で鼻を括《くく》ったような反応をされたが気にせず、芳武に反発されてまいっていると、内輪の恥《はじ》をさらした。

それからだ。徐々《じょじょ》に頑《かたく》なだった態度がやわらぎ、嫌な思いをすることが目に見えて減ったのは。やがて軽い世間話を交わすようになり、書記官はようやく打ち明けた。

実は嘉子の香水《こうすい》に困っているのだと。

書記官は新婚《しんこん》で、妻は大変な焼《や》き餅《もち》焼きらしい。嘉子の近くで一日仕事をして帰ると、浮気《うわき》を疑って怒《おこ》る。いくら判事のつけている香水だといっても信じない。妻も女性判事がいることは、知識として知っている。しかし、難しい試験を突破して、黒い法服を着て法廷《ほうてい》に立つような偉い女性が、チャラチャラ香水をつけるわけがない。そう言うのだそうだ。

第一子を妊娠《にんしん》中で気が尖《とが》っているせいもあるとは思うが、家が不穏《ふおん》な空気でまいっているのだと、面目《めんぼく》なさそうな顔で言われた。以来、嘉子は役所では香水をつけるのを止めた。

おかげで家庭が円満になったと、書記官は子どもが生まれた後、夕食に招いてくれた。芳武と二人でお邪魔《じゃま》したことは、今もいい思い出だ。役所では厳格で通っている書記官が、年下妻の尻《しり》に敷《し》かれていたのも意外だった。芳武と書記官は虫好きという共通項《こう》があり、その日の夕食は大いに盛り上がった。今も年賀状のやり取りが続いている。

赴任《ふにん》前に聞いていた通り、新潟はお酒がおいしい。部下が誘《さそ》ってくれたときは、万《ばん》障繰《しょうく》り合《あ》わせて応じることにしている。

「お強いですねえ」

注がれるまま辛口《からくち》の八海山《はっかいさん》をくいくい飲み干すと、年配事務員の男が感心した声を上げ、目を見開くのが小気味良い。

「親譲《おやゆず》りなんです。うちは亡《な》くなった父がお酒好きで」

「へえ。ご出身はどちらですか」

「わたしは東京生まれですけれど、両親は香川の丸亀《まるがめ》です」

「ああ、讃岐《さぬき》うどんで有名な」

「ご存じですか？」

「前に家内と四国へ旅行したとき食べましたよ。あれはうまかった。コシが強くて、こっちでは食べられない味でした」

「まあ、嬉《うれ》しい。讃岐うどんは香川自慢《じまん》の名物なんですよ。うちでは、しょっちゅういただいていましたもの。でも、こちらへ来て、あらためてお米のおいしさに目覚めたんです。ついお代わりしちゃって、ますます肥《ふと》りそう」

　新潟の職員は概《がい》して誠実な人が多かった。最初のうちはよそ者として遠くから観察されている感があったが、こちらが先に腹を割ってみせると、壁を取り外して人の良《い》い顔を見せるようになる。

　一通り役所の中を見渡《みわた》した後、嘉子は事務局の永井茂二を所長室へ呼び、三点の方針を伝えた。

一つは人事の方針。

人は誰《だれ》しも良いところがあり、適所においては美質を発揮できる。そういう考えのもと、職員人事を行うことをあらかじめ承知してほしい。

二つ目は、通達を出すときの留意点について。

県民性に由来するのか、新潟の職員には誠実である反面、やや弾力性《だんりょく》に欠けるところもある。通達を出すときには、職員にわかるよう前提となる方針を伝え、判断力と実践力《じっせん》を身につけるよう訓練してほしい。

三つ目は、地方裁判所との関係について。

家裁と地裁にはそれぞれの持ち分がある。両者の連絡《れんらく》調整は密に行うこと。もし地裁からの結果報告が後手に回った場合は、断固として抗議《こうぎ》する姿勢で臨《のぞ》んでほしい。

「あなたを信頼《しんらい》してお任せしますから。お願いしますね」

嘉子は永井の目を見て伝えた。

建前ではない証《あかし》に、実際に裁量も与《あた》えた。上司から信頼されると、職員がのびのびと潜在《せんざい》能力を発揮させることとは、これまでの経験からわかっている。

自分自身がそうだった。この歳《とし》になり、東京地方裁判所の民事部で仕えた、近藤完《こんどうかん》爾《じ》裁判長の偉大《いだい》さを痛感する。戦後間《せんごま》もないあの時期、女だからと嘉子を侮ろうとする職員もいる中、よくぞまあ、お尻《しり》に卵《たまご》の殻《から》をつけたひよこ判事補を信じてくれたものだ。

太平洋育ちの身で、空の薄暗《うすぐら》さに慣れるのには少しかかったが、嘉子は新潟を気に入った。コシヒカリと豊かな水は体に合い、何を食べてもおいしくて元気に過ごせた。嘉子は公務と併行《へいこう》して求められるまま、月に数回講演に出向いた。

家庭裁判所で扱《あつか》う事案は日常生活に紐《ひも》付いている。

市町村や中学校、高校との連携《れんけい》を開始し、県や国の出先機関にも積極的に出向いた。

少年事件が増えているのは東京など都市部に限らない。むしろ地域のつながりが強く、隣《となり》近所の目でがんじがらめにされている地方のほうが、問題少年は逃《に》げ場《ば》を失いやすい。

制服姿の女子中学生が家庭裁判所に送られてきたのは、赴任の半年後、十二月のことだった。

2

その日は朝から冷《ひ》え込《こ》み、昼前に降り出した霙《みぞれ》が窓ガラスを叩《たた》いている

赤い頬《ほお》をした、小柄《こがら》な少女だった。身長が低いせいか、中学三年生の実年齢《ねんれい》より幼

い印象を受ける。

真冬だというのにコートは着ておらず、見るからに寒々しかった。黒い制服は肩《かた》が合っておらず、袖口《そでぐち》が手《て》の甲《こう》まで覆《おお》っている。膝丈《ひざたけ》のスカートは襞《ひだ》が取れており、この雪道をどう歩いてきたのかと思うような短靴《たんぐつ》を履《は》き、靴下《くつした》は泥《どろ》が撥《は》ねて汚《よご》れていた。

所長室はスチームがついている。温められ、女子中学生の髪《かみ》と体から饐《す》えたにおいが立ち上った。

一目で、親に手をかけてもらえていないのがわかる。本人がそれを恥《は》じている様子なのも感じられる。家庭裁判所に送致《そうち》されてくる少年にはめずらしくないが、世間がクリスマスムードで沸いているだけに、女子中学生の置かれている環境《かんきょう》との落差に同情を覚えた。

その日は金曜日で、嘉子は仕事を終えた後に県の婦人会主催《しゅさい》の講演に出る予定があった。そのつもりで、ちょっと気の張ったベルベットのツーピースに、ガーネットの指輪を嵌《は》めていた。

懇意《こんい》にしている宝石屋の見立てで誂《あつら》えたもので、派手過ぎない深い赤が気に入っているのだが、嘉子は女子中学生がこちらに目を向ける前に、指輪をくるりと回転させ、宝石を手のひらの中に隠《かく》した。

女子中学生は売春しようとしたところを補導され、家庭裁判所に送られてきた。

父親は病死しており、遠方の祖父母とは交流がない。母親はいるが、再婚《さいこん》前提で付き合っている男性がおり、娘《むすめ》の世話は後回しで家を空けてばかりいる。娘は母親が置いていくわずかなお金で生活し、給食で栄養を摂《と》るのが精一杯《せいいっぱい》。風呂《ふろ》にも満足に入っておらず、臭《くさ》いからと学校で仲間外れにされている。

母親の話によれば、女子中学生は日頃から反抗《はんこう》的で、学校の成績も不振《ふしん》、友だちがいないのを親のせいにして家に閉じこもっている。しかし、父親が生きていた小学生時代は成績も良かったようだ。積極的で明るく、友だちも多かった。

売春に手を出したのは、母親の置いていった金がつきたため。家に食べものがなく、石油も切れてストーブもつけられず、空腹と寒さに耐《た》えかねて繁華街をうろついていたところ、男に声をかけられた。以前も万引きで補導された記録があり、そのときは保護観察処分になった。

しかし、家庭に戻った後も生活は変わらず。担任の男性教師が気にして面倒《めんどう》を見ていた時期もあったが、女子中学生との仲が噂《うわさ》となり転勤。ふたたび孤独《こどく》になり、頼《たよ》れる大人もなく、自暴自棄《じぼうじき》に陥《おちい》ったのが事件に至った原因であろうと、調査官の資料に記載《きさい》されていた。

反抗心からか、嘉子が話しかけても女子中学生は頑なに答えなかった。口を一文字に結び、じっとこちらを睨《にら》みつけている。

「寒いわねえ、もっとスチームの近くへいらっしゃいよ」

嘉子は事務職員を呼び、ココアを持ってこさせた。

「熱いうちにお飲みなさいな」

女子中学生は鼻で笑い、ココアのカップを受けとらなかった。

「口に合わないかしら。ごめんなさいね、役所だから大したものも出せないのよ。お煎餅《せんべい》ならあるけど。食べる？」

これも無視。女性弁護士が取りなしても、うるさそうにするだけ。

「アルファベットチョコレートは？」

「……煙草《たばこ》」

「え？」

「だから煙草だってば」

幼い丸顔に似合わない乱暴な口を利《き》き、女子中学生は鼻で笑った。

「あなた、どういうつもりで言ってるの」

「は？」

「煙草なんて。ここは裁判所よ」

機嫌《きげん》を損《そこ》ね、女子中学生がぷいと横を向く。

「都合が悪くなると逃《に》げるのね。そんなことしても、何も変わらないわよ。子どものうちはいいけど、大人になったら誰も相手にしてくれない」

チッ。

聞こえよがしな舌打ちを、今度はこちらが無視した。

わざわざ反抗的な姿勢を見せずとも、家庭に問題があることはわかっている。娘以上に、母親が未熟でたちが悪い。

判決を下す際は、そうした家庭環境や生育実態も勘案《かんあん》し、鑑別所《かんべつしょ》へ送るか保護観察とするか決めている。今回の売春は未遂《みすい》に終わっており、犯罪の悪質性は低い。保護観察処分が妥当《だとう》だろう。

しかし、そんな母親のもとに戻しても、いずれまた同じことになるのは目に見えている。

「あなた、どうしたいの。家に戻って、お母さんとうまくやる自信はある?」

「無理」

「どうして」

「母親に嫌われてるから。わたしが自分の男に色目を使ってるって」

「実際どうなの。あなた、お母さんの恋人《こいびと》に色目を使ってるわけ」

「まさか。そんなおっさん、相手にするわけないよ」

「あらそう。だったら、そう言い返しなさい。黙《だま》って我慢《がまん》していたって、お母さんには通じないわよ」

嘉子の言葉に、女子中学生が気色ばんだ。

「うるせえ。わかったような口を利くなよ」

乱暴な言葉遣《ことばづか》いをして、さも憎々《にくにく》しそうに睨みつけてくる。

図星ね。母親には何も言えないのだ。嘉子は女子中学生を見返した。

「わたしに悪態をついても何も解決しないわよ。意見があるなら、きちんと口に出しなさい。誰かがそのうちわかってくれると思うのは、ただの甘《あま》えですよ。それから、さっきの質問に答えてちょうだい。あなた、これから先どうしたいの。お母さんのところに帰るのが嫌なら、施設《しせつ》に行く？　それとも頼れそうな親類はいるかしら」

子どもは親を選べない。

しかし、己の不幸を嘆《なげ》き、誰かの親切な手を待っているだけでは始まらない。

辛《つら》い気持ちはわかるが、悪い環境から抜《ぬ》け出《だ》すには、自力で這《は》い上《あ》がるしかない。

それが、数々の少年事件を担当して得た、嘉子の更生《こうせい》方針だ。

立ち直りたい気持ちがあるなら、それにふさわしい環境へ少年を導く。

そんな気になれないほど心が荒《すさ》んでいるなら、その力が湧《わ》くように励《はげ》ます。優《やさ》しい言葉でいたわるだけでは、少年は変われない。

嘉子は女子中学生が考えをまとめるまで待った。思案しているところを観察されていては気が散るだろうと、席を立って窓に目を向ける。

いつの間にか、霙が雪に変わっていた。道理で外が明るいはずだ。朝のうちは霙で薄暗かったのに、ぼさぼさ降る雪が夕暮れの弱い光を映している。嘉子はスチームの前で両手を後ろに組み、女子中学生が口を開くのを待った。

新潟で過ごしたのは、わずか一年四カ月だった。

嘉子は赴任の翌年の、昭和四十八（一九七三）年十一月に埼玉浦和《うらわ》へ転勤となった。そういう予感がしていたわけではないが、新潟にいる間、嘉子は県内の名所旧跡《きゅうせき》を見て回った。弥彦神社《やひこじんじゃ》に佐渡《さど》、高田城《たかだじょう》にも行った。

親切にも「案内いたしましょう」と申し出る職員もいたが、それは断り、小型カメラを肩にかけ、ズック靴《ぐつ》を履いて一人出かけるのが楽しかった。

電話でおいしい日本酒の話を聞かされ、羨《うらや》ましくなった乾太郎がやって来て、二人で回ることもあった。

「ずるいなあ。君はいつもこんな旨《うま》いお酒を飲んでいるのかい」

馴染《なじ》みになった店へ連れていくと、乾太郎は上機嫌《じょうきげん》で軽口を叩いた。ノドグロが気に入り、刺身《さしみ》をほとんど独《ひと》り占《じ》めされたときには夫婦喧嘩となり、店のご主人が慌《あわ》ててもうひと皿、運んできた。

唯一《ゆいいつ》、職員と出かけたのは、平家の落人《おちうど》部落を探訪する旅行だ。

離任《りにん》する前週のことで、気持ちのいい秋晴れの日だった。村上《むらかみ》駅から車で三十分、鮭《さけ》漁で知られた三面川《みおもてがわ》の水をせき止めて作ったという、人造湖の見事なことと言ったら。

新潟と山形の県境にまたがる朝日連峰《あさひれんぽう》の山影《やまかげ》を映し、湖面は目に眩《まぶ》しいほど輝《かがや》いていた。覗き込むと吸いこまれそうに、水の色が深い。

「これは昭和二十四年にできたんですか。わたしがアメリカ視察へ行った前年ね」

三十五歳。東京地方裁判所の民事部で判事補となり、二年目だった頃だ。

あのときは冠につく「女性」が鬱陶《うっとう》しくてならなかった。男も女もない。ただの裁判官だと認めてもらいたくて、躍起《やっき》になって、七歳だった芳武を弟の輝彦《てるひこ》の家へ預けて、渡航《とこう》したのだった。

勝手気儘《きまま》な割に、親の都合には素直に従う息子《むすこ》だから良かったものの、これでもし芳武が非行に走っていたら、仕事を続けられたかどうか。弟夫婦や家政婦に助けられ、どうにか裁判官としてやってこられた。おまけに乾太郎にも出会えた。

充実《じゅうじつ》した人生を歩んでいる。

人に恵《めぐ》まれ、思う存分仕事ができて。

そのおかげで、こんなに遠くまで来られた。神秘的な湖を眺《なが》め、澄《す》んだ水音を聞きながら、嘉子はしみじみと来し方に思いを馳《は》せた。

その夜にいただいたイクラと白飯のおいしさは、これまで食べた中で一番だった。

「困るわ。おいしくて箸が止まらない」

日頃、ウエストを気にして夜はご飯を控《ひか》えているが、この日ばかりは辛抱《しんぼう》たまらず、先頭を切って二杯《はい》、三杯《ばい》とお代わりを重ねてしまった。


新潟の次に赴任した浦和でも、家庭裁判所の所長を拝命した。

ここでは昭和五十三（一九七八）年一月までの四年三カ月過ごした。

次に移ったのは横浜《よこはま》、やはり家庭裁判所の所長として転勤した。

そこが最後の赴任地となった。

3

マンション十一階の窓から日射《ひざ》しが注いでいる。

嘉子は寝間《ねま》着《き》にガウンを引っかけ、ベランダへ鉢植《はちう》えを移していた。

「まだ早いんじゃないかい」

リビングから乾太郎の声が届く。

「五月といっても、まだ初旬《しょじゅん》だ。急に寒くなる日もあるだろう。もうしばらく室内に置いておいたらどうだい」

「いいのよ」

重い鉢《はち》を抱《かか》えながら、嘉子はおざなりに応える。多少肌寒《はだざむ》い日があったとしても、連休を過ぎたらもう初夏だ。室内より、風を感じられる外に置いたほうが、花も心地《ここち》よく過ごせるだろう。

「強情《ごうじょう》だなあ」

慎重《しんちょう》な性格の乾太郎は、嘉子が早々とシンビジウムの鉢植えをベランダに出しているのに不満そうだった。一昨年、外へ移すタイミングが早過ぎて、花がうまく育たなかったことを根に持っているのだ。

しかし去年は逆に、過保護にいつまでも日当たりの良い室内の窓辺に長く置いたせいで、やはり花芽があまりつかなかったことを忘れたか。

それより何より、出勤前の妻を手伝おうという気はないのかと言いたい。自分は退官して暇《ひま》なのだから、それくらいやってくれてもいいだろう。

乾太郎は毎日、嘉子より早く寝《ね》て、朝は遅くに起きる。食事の世話は家政婦がしてくれるが、ダイニングの椅子《いす》に座《すわ》って新聞を広げ、妻に力仕事をさせている夫の姿を見ると、少々癪《しゃく》に障《さわ》る。

お互いの転勤でたびたびの別居生活を経て、ようやく同居しているというのに、これでは情けない。嘉子は深呼吸して苛立《いらだ》ちを鎮《しず》めた。

せっかく気持ちのいい季節を迎《むか》えているのだ、つまらないことに煩《わずら》わされず、朗《ほが》らかにいきたい。今日も仕事があるのだから。

昭和五十四（一九七九）年。

嘉子は役所で過ごす最後の一年を迎えていた。地方裁判所と家庭裁判所の裁判官は六十五歳が定年。半年後の誕生月の十一月には退官が決まっており、一日一日が特別な時間に思えていた。

自分が定年を迎える歳だというのが信じられない。

疲《つか》れやすくなったことは確かだが、ときおり腰《こし》が痛むくらいで、まだまだ十分に働ける。年齢で一方的に上限を決め、はい終わりと放り出すとは寂《さび》しい話だ。

「よく考えたら、これも差別よね」

人の能力を年齢で区切るとは、理不尽ではないか。

そう怒りたいところだ。が、役所の要員に限りがある以上、後進へ道を譲《ゆず》ることもまた、年長者の務めなのだろう。役所の職員のほぼ全員が年下になった今、そう思う。

仕方ない。こういうのは順番なんだから。

駄々《だだ》をこねず、残された日で何ができるか考えよう。

定刻に登庁し、所長室に入る。今日も朝から予定が詰《つ》まっている。

調停も一件。

離婚《りこん》を求める四十代の夫からの申し出だ。三十代の妻のほうも離婚を望んでいるが条件面で折り合いがつかずにこじれている。理由は性格の不一致《ふいっち》で子はいない。当事者同士で話し合ったが埒《らち》が明《あ》かないとして、調停に持《も》ち込《こ》まれた。

嘉子が調停室へ入っていくと、妻が顔を上げた。

目が合うなり、安堵《あんど》の表情を見せる。裁判官が自分と同じ女性であることに、ほっとしたのだろう。早くも勝負がついたような面持《おもも》ちで、向かいに座る夫へ挑戦《ちょうせん》的な目を向けている。対する夫は嘉子を見て、一瞬《いっしゅん》がっかりした表情を浮かべる。

別れる寸前にいるくせに、裁判官の性別ですべてをわかったような気になる単純さから推《お》し量《はか》るに、似《に》た者夫婦《ものふうふ》なのかもしれない。

妻が離婚に応じないのは、自分が日々整え、清潔に保ってきた自宅を出るように、夫から求められていることが不服だったからだ。

一方、夫は自宅を処分して金に換《か》え、妻に渡《わた》すと言っている。夫は小さな会社を経営していたが、事業不振で行《い》き詰《づ》まり、預貯金はほとんどない。

「夫はひどいんです」

三十になったばかりの若い妻は、唇《くちびる》を尖らせて主張する。

専業主婦で職のない身で、自宅を追い出されたらどれほど困るか。どうしても離婚すると言うなら、自宅を渡してほしい。マンションを売って、借金を返して残ったお金を渡されるだけでは生活に困る。夫は年上で立派な学歴もあるのだから、いずれまた会社を立ち上げて一から財産を築けばいい。

それが認められない限りは、離婚には応じない。仮にも妻だった女から自宅を取り上げ、わずかな手切れ金で始末するつもりとは卑劣《ひれつ》きわまりないと、妻は語調鋭《するど》く息巻いた。

「同じ女ですもの。先生には、わたしの気持ちがわかりますわよね？」

嘉子が当然賛成するものと決めてかかった顔で言い、返事を聞く前から、勝《か》ち誇《ほこ》ったふうに顎《あご》をそびやかした。

「いいえ、わかりません」

そのため嘉子が否定の態度を示すと、妻は信じられないと言わんばかりに目を剝《む》いた。

「ちょ、ちょっと。どういうことですか」

焦《あせ》った妻が身を乗り出してくる。

むしろ、こちらのほうが訊《き》きたい。夫が働いて得た財産を、なぜ妻というだけで、当然のように己のものと主張できるのか。戦前派の嘉子など神経を疑ってしまう。

「あなた、ご主人を無一文で放り出すつもりなの」

「だって、仕方ないじゃありませんか。この人が事業にしくじったんですよ」

妻は向かいの夫を指差した。

「自宅マンションはご主人が働いたお金で買ったものでしょう。それを売って財産分《ぶん》与《よ》すると言うのに何が不満なの」

司法省民事部で民法改正作業の手伝いをしていた頃、夫婦別産制でなく、共有制にしろという声が大きかった。この妻の主張と同様、夫婦になってから得た財産は、家事労働を評価する観点から夫婦共有のものとするべきというものだ。

当時、嘱託《しょくたく》の新米職員だった嘉子は、実はこの考え方に反対だった。

家事労働が大変なことは認める。嘉子も自分ではとても手が回らず、ずっと家政婦の世話になってきた。

しかし財産共有制へ改正せよ、とする主張の裏には、女性へのいたわりを感じる。女は弱いものだから法で保護すべきというその考えは、結婚《けっこん》と同時に女性を法的無能力者とした旧民法に通ずるものではないか。当時、嘉子はそう危惧《きぐ》していた。

総じて社会は女へ親切になったが、反面、当たり前に保護を求める女も増えた。戦前なら、夫名義の家は夫のものだった。自分の力で得たものでもない財産を、妻が分与してもらえることはなかったのだ。

膠着《こうちゃく》した状況《じょうきょう》に風穴を開けたのは夫だった。

「妻を責めないでください。悪いのは、生活力がなくなったわたしです」

「離婚の申し出をしたのは、奥様《おくさま》に大変な思いをさせたくないからなのね」

ひょっとして、そうではないかと思っていたのが当たった。

夫は会社の経営難で若い妻を食べさせていけなくなった罪悪感から、離婚を申し出たらしい。どうしても妻が嫌なら、マンションを渡してもいいと言う。

「本当に離婚なさりたいの？」

嘉子は夫に問うた。

「財産を全部渡してどうなさるつもり？」

「わたしは男ですから。どうにでもなります」

「ならないわよ。借金の返済はどうするの」

「力仕事でも何でもしますから」

「その程度で返せる借金なら、こんなところへ調停に来ないでしょう。格好つけていないで、きちんと奥様と向き合ったらどう？　ひょっとして、あなた。離婚したら首を括る覚悟《かくご》でもしているんじゃないでしょうね」

結局、調停は不調に終わった。

嘉子の問いに答えられず、暗い顔でうなだれた夫を見て、妻が「考え直します」と言ったのだ。二人は連れ立って調停室を出ていった。

妻は不服だったに違いない。どうして女が女の味方をしないのかと。が、勝手に期待されては困る。

調停に来る女に対してだけではない。近頃《ちかごろ》は後輩《こうはい》にも、嘉子はときおり厳しいことを言う。

若い女性裁判官は、おしなべて勉強熱心で頭が良い。素直で年長者の受けも良い。が、どうにも物足りない。権利はしっかり主張するが、すぐに家庭を盾《たて》に逃げを打つのが気になる。子どもがいるから転勤はしたくない。夫と同じ場所へ赴任させてほしいと、家庭を盾に自分の都合を通そうとする。

そんな我が儘、嘉子が若い頃には考えられなかった。裁判官の仕事に男女の区別はない。男がどこへでも転勤するのだから、女も同じ。それが当然だと思ってきた。

裁判官仲間に新米の育て方について助言を求められたときには、「女性だからと特《とく》別扱《べつあつか》いをせず、男性と同等に仕事をさせなさい」と答えることにしている。裁判官になった以上、望まれればどこへでも行き、どんな案件も引き受ける覚悟でいるべきだ。

それが法の力を司《つかさど》り、人の罪を裁くことを許された裁判官へ課された責務だと、嘉子は信じている。その信念に迷いはない。でも。

女だけに闘わせるのも、どうなのかしらね。

この歳になったせいか、そんなふうに思うときもある。

いまだ社会は家事労働を女に任せる風潮が一般《いっぱん》的だ。役所では男女の区別なしに仕事をしていても、家に帰って法服を脱《ぬ》いだ裁判官が、妻と同じように家事労働しているかどうか。

世の中は変わる。新しい道を切り開くつもりでやってきたけれど、いつの間にか、自分の頭も古くなってきたのかもしれない。

体もそうだ。起《お》き抜《ぬ》けにベランダへ重い鉢を出したのが響《ひび》いたのか、さっきから腰が重く、鈍痛《どんつう》を感じる。昼食に急いでかき込《こ》んだ、仕出し弁当の揚《あ》げ物《もの》も胃にもたれている。昔は好きで、いくらでも入ったのに。

残業後の一杯《ぱい》で『コロッケの唄《うた》』を披露《ひろう》した時代が懐かしい。

この間、役所の懇親《こんしん》会で、新米時代のことについて訊かれ、昔を思い出して口ずさんだら、若い職員は誰もこの歌を知らなかった。『モン・パパ』もだ。かろうじて『リンゴの唄』は通じたが、それを歌った並木路子《なみきみちこ》の名前までは、今の若い人は知らないらしい。

何事にも潮時というものはあるようだ。

定年があるおかげで、若い人に迷惑《めいわく》がられる前に去っていける。合理的な制度なんだわと、考えていたら、誰かが所長室をノックした。

「よろしいですか？」

事務局の書記官が遠慮《えんりょ》がちに顔を出した。後ろに、ほっそりとした若い女性を従えている。

「今日から新しく入った、嘱託の事務員をご紹介《しょうかい》します」

本当は午前中のうちに挨拶させるつもりだったが、嘉子の予定が詰まっており、こんな時間になったと話す書記官の後ろで、二十歳《はたち》くらいの女性がこちらを窺《うかが》っている。

どこかで会ったことがあるだろうか。

親しみの籠《こ》もった眼差《まなざ》しで見られ、記憶《きおく》の糸を手繰《たぐ》り寄《よ》せる。嘱託の女性は氏名を名乗り、丁寧《ていねい》に辞儀《じぎ》をした。

感じのいい子だ。素顔《すがお》に近い薄化粧《うすげしょう》で、アクセサリー一つもつけてはいないが、肩の上で揃《そろ》えた髪に艶《つや》があり、全身から清潔感が漂《ただよ》っている。

次の調停の開始時刻が迫《せま》っているせいで、型通りの挨拶を交わした後、事務局と共に引き返していった女性の正体に思い当たったのは、その日の夕方だった。

新潟家庭裁判所で会った女子中学生。

印象はすっかり変わっているが、目鼻立ちには面影《おもかげ》があった。姓《せい》は違うが、名は同じで年齢も合う。

きっとそうだと、フロアへ探しにいった。給湯室で職員の茶碗《ちゃわん》を洗っている彼女《かのじょ》を見つけ、声をかけたら、振《ふ》り向《む》いた途端に笑顔《えがお》を浮かべた。

「嬉しい、覚えていてくださったんですか」

「もちろんですよ。お元気そうね」

「所長こそ。ちっともお変わりなく」

照れて顔を上気させるところが初々《ういうい》しく、嘉子は目を細めた。

あれから、遠方に住んでいた父方の祖父母のもとへ引き取られ、高校を卒業したのだという。いったんは民間企業《きぎょう》に勤めたが、横浜家庭裁判所で嘱託の事務員を募集《ぼしゅう》しているると知り、思いきって応募《おうぼ》した。

「いつかお礼を申し上げたかったんです」

あの一件で、嘉子は彼女を保護観察処分とした。

ただし、母親のもとに返しても元《もと》の木阿弥《もくあみ》だと考え、調査官を通じて遠方の祖父母へ連絡を取った。それをきっかけに母親の承諾《しょうだく》を得て、彼女は祖父母と養子縁組《えんぐみ》を結んだ。環境を変えたのが幸いし、見違《みちが》えるような姿となった元少年（司法では性別を問わず「少年」と呼ばれる）に役所で再会できるとは。

「わたし、所長に憧《あこが》れて応募したんです。頭が良くないから、とても裁判官にはなれませんけど」

目を輝かせる彼女を見て、こちらのほうが感激してしまった。

「あなたは若いのだから、何にでも挑戦できるわよ」

「ありがとうございます」

礼を述べた後、「でも」と彼女は続けた。

「謙遜《けんそん》じゃないです。高校の勉強についていくのもやっとでしたから。裁判官にはなれなくても、わたしは自分のできることをして、皆《みな》さんのお役に立てるよう頑張《がんば》ります」

彼女の清々《すがすが》しい語り口に、何だか感動してしまった。

家庭裁判所で仕事をして、これまで五千人に及《およ》ぶ少年と接してきた。その中には、どうにも変われそうにないと心配になる、ひどく悪い子もいたが、嘉子は最後まで信じることを諦めなかった。人には、必ずどこか良いところがある。機会があれば、変われる可能性を秘めている。甘いかもしれないが、そう信じてやってきた。

その結果の一つが今日の再会とするなら、間違《まちが》いではなかった。役所生活の終わりが見えてきた今、嘉子はあらためて人の持つ可能性に希望を見出《みいだ》した。

そして十一月――。

とうとう退官の日を迎えた。

いつものように起き、鏡の前でツイードのスーツを着た姿を映した。

赤と白を混ぜた生地《きじ》で、衿《えり》とポケットに臙脂《えんじ》色の飾《かざ》りがついているのが洒落《しゃれ》ている。下はフレアースカートで女性らしく、乾太郎のお眼鏡《めがね》にかなうお気に入りだ。スーツに合わせて臙脂色のベレー帽《ぼう》をかぶり、もう一度、鏡に顔を映した。

大丈夫《だいじょうぶ》。しんみりとした表情には見えない。

「うん、いいね」と乾太郎もうなずいている。

結局、地方裁判所の所長には手が届かなかったが、今は十分やったから、それでよしと、さっぱりした気持ちでいる。

定刻に出勤して午前中は、裁判官として仕事をした。調停が入っていたのだ。

最後の一件は離婚調停だった。

夏頃から他の調停員と共に、夫婦の間に入って話を聞いた。中立人《もうしたてにん》の妻は夫に未練はないようだった。夫は引き止めようと頑張っていたが、同じ妻の立場にいる者として、これはもう無理だろうと思っていた。

案の定、夫婦は離婚する方向で落着したが、最後に一つだけ、嘉子は気懸《きが》かりを残していた。それもあって、退官日まで調停員を務めていたのだ。妻は夫婦の家を出て別居するとき、子どもの頃から大事にしていたお雛様《ひなさま》を置いていったのだという。離婚に際し、それは自分の手許《てもと》に取《と》り戻《もど》したい。夫はそんなものはないと言っているが、そんなはずはないと、妻は主張していた。

貞雄と信子が亡くなって三十年ほど経つが、いまだに嘉子は娘時代《むすめじだい》に暮らした笄町の家をよく思い出す。軍によって引《ひ》き倒《たお》しが決まり、ほとんどの家財を置いて引っ越してからも、後々まで胸の痛みが続いた。

嘉子は離婚の取り決めの末尾《まつび》に、夫へお雛様を妻に引《ひ》き渡《わた》すようにとの一文を付け加えた。それが裁判官としての最後の仕事となった。家庭裁判所が入って決まった約束だから、夫も無下にはできまい。これで妻の心残りが消え、新しい道を歩いていけるように祈《いの》りつつ、嘉子は調停室を出た。

午後は関係各所を挨拶に回り、法服を返却《へんきゃく》し、諸手続をすべて終えて戻ってきたときには、役所の正面入り口の前に職員が大勢集まっていた。

記念写真の準備をしているうちに、胸が一杯になってしまい困った。

「所長、こちらへ」

言われるまま、用意された長椅子《ながいす》の中央に腰を下ろしたら、早くも涙《なみだ》が込《こ》み上《あ》げた。役所の前にいるのは裁判所の職員だけでなかった。調停委員や馴染みの地域の人たちも嘉子のために集まっていた。

精一杯、笑顔を作ってカメラを見る。

今日まで共に働いてきた同僚《どうりょう》が所狭《せま》しと並び、嘉子の周りを囲んでいる。忙《いそが》しいだろうに、仕事の手を止めさせているのが申し訳ない。みんなの邪魔をしないよう、早く写真を撮《と》って失礼しようと思うのに、記念写真の輪はどんどん膨《ふく》れ上《あ》がっていく。

「さあ、撮りますよ。皆さん、良い笑顔でお願いします」

暮れかけた秋空のもと、シャッターが下りる。

夕焼けが眩しい振りをして、嘉子は目を細めた。

笑ってお別れしようと決めていたのに、どうにも目の奥《おく》が熱くて堪《こら》えるのが大変だ。歳を取ったせいかしらね。いや、違う。嘉子は前から涙もろいのだ。芳武を抱えて生きるため、常に笑顔でいられるよう訓練しただけで、本当は泣き虫なのだ。

涙が出そうになるのも仕方ない。それに、これは嬉《うれ》し涙《なみだ》だ。無理に隠さなくてもいい涙とわかっていながら、長年の癖《くせ》で堪えてしまった。

さようなら。

ありがとう。

皆さん、お元気でね。

体に気をつけて。これからも頑張って。

伝えたいことはたくさんあったが、喉《のど》が詰まって声にならない。いつまでもここにいたい。明日もまた来たい。この期に及んでもなお思う。でも、今日でおしまい。本当に楽しかった。集まってくれた人たちを一人ずつ眺めてから、嘉子は見送りの車に乗った。

車の後部座席から手を振る。

職員が列を作って見守る中、嘉子は最後に自分を鼓舞《こぶ》して、大きな笑顔を作った。

「もういいわよ」

嘉子が言っても、運転手は車を発進させなかった。

職員たちが窓のすぐ傍《そば》に群がり、動こうとしないからだ。みんな熱心に嘉子の顔を見つめ、中には目を赤くしている者もいる。

「困った人たちねえ」

早く役所へ戻って仕事をしなさい。

そう叱りたいところだが、今日ばかりは許した。こちらも今少し名残《なごり》を惜《お》しみたいのだ。

三十二年前――司法省へ採用願いを提出に行った日のことを思い出す。あのとき諦めずに粘《ねば》って良かった。すぐには裁判官としての採用が叶《かな》わず、民事部の嘱託として入庁し、それから長い年月を裁判所で過ごして、晴れて定年を迎えた。

赴任してきたときは、地方裁判所の所長を任せてもらえないことを不服に思っていたが、もう心残りはない。全うしたのだ。やっと、そう思えた。果たせなかったことは、残った職員たちが引《ひ》き継《つ》いでくれるだろう。

「出してちょうだい」

今度は運転手も素直に従った。

緩《ゆる》やかな振動《しんどう》と共に車がスタートし、職員の列が遠ざかる。嘉子は体をねじり、もう一度手を振った。車が角を曲がり、すっかり裁判所が見えなくなるところまで待って、ようやくハンカチを出したときには、不思議と涙も引《ひ》っ込《こ》んでいた。

4

退官してからも、嘉子は法曹《ほうそう》の仕事を続けた。

労働省の男女平等問題専門家会議の座長や、東京少年友の会の常任理事などを務めた。とはいえ、裁判官時代と比べて時間はある。

昭和五十八（一九八三）年のお正月。芳武と力《ちから》が遊びに来た。

こちらは乾太郎と二人。四人揃えば家族麻雀《マージャン》をするのがお決まり。これは嘉子が三《み》淵《ぶち》家へ持ち込んだ習慣だ。

退官して良かったのは、たっぷり時間が取れることだ。役所に勤めていたときには次の日が気になって、せいぜい半荘《ハンチャン》で切り上げていたものだ。

とはいえ、こちらが暇でも息子たちには仕事がある。

おまけに、芳武は相変わらず気が利かない。

「ロン」

芳武が牌《パイ》を倒《たお》した途端に、頭に血が上った。

「待ちなさい、何で勝手に上がるの」

「理不尽だなあ。待ってた牌が来たんだよ」

馬鹿なことを。こちらの捨て牌を見れば、嘉子が何を待っていたか推察できるだろうに。

まったく。いくつになっても、芳武は子どもだ。親を立てることを覚えない。

「見せてみなさい。何それ、平和《ピンフ》じゃないの。どうしてそんな安い役で上がるのよ」

「いいじゃないか、安い役でも。ぼくの勝手だろ」

「勝手なもんですか。あと少しで役満《ヤクマン》だったのに。この親不孝者！　誰のおかげでご飯を食べられると思ってるのよ」

南家《ナンチャ》の力が苦笑《くしょう》しているのが横目に見えたが、カッカして止まらない。

「もう。ぼくをいくつだと思っているんだい。小学生じゃないんだからね。とっくに自分でご飯を食べてるよ」

呆《あき》れ顔《がお》で口答えをする芳武に腹が立つ。

力のしたり顔も不快だが、うんうん、と乾太郎がうなずいているのが、もっとずっと気に入らない。

「あなた、どっちの味方なの」

「うん？」

「とぼけないでちょうだい。妻を差し置いて、この子の肩を持つ気じゃないでしょうね」

「何をむきになってるんだ、落ち着きなさい。――疲れたな、ちょっと休むか」

乾太郎は肘掛《ひじか》けに手を乗せ、ゆっくり腰を上げた。

逃げたのだ。都合が悪くなると、すぐにこうだ。乾太郎がベランダへ行き、ポケットから煙草を出すのが見えた。

「禁煙《きんえん》したはずでしょう！」

一昨年の夏、乾太郎は脳梗塞《こうそく》で倒れた。体に麻痺《まひ》が出て、普通《ふつう》の生活が送れるようになるまで大変だった。良い病院や医者を探すのに、どれだけ苦労したか。妻の苦労も知らないで、いい気になって。

嘉子は不機嫌《ふきげん》だった。

新しく雇《やと》った家政婦の作ったお節《せち》は口に合わず、自分で作った雑煮《ぞうに》は水っぽい。しかし、これは嘉子が悪いのではない。餅《もち》がまずいのだ。新聞によると、餅米《もちごめ》が少ないのだという。仕方ないから、うるちを入れたり、とうもろこしの粉まで混ぜているという。

道理でまずいはずだ。混ざり気なしの昔の餅が懐かしい。ああいうものは、もう食べられないのだろうか。

おまけに翌日。

柴又帝釈天《しばまたたいしゃくてん》でおみくじを引いたら凶《きょう》だった。生まれて初めてだ。絶句していたら、横から乾太郎が覗《のぞ》いて「おやおや」と言った。

「だから役満を取れなかったんだな。いいじゃないか、凶ということは今が底なんだ。これから上がると思えば、却《かえ》って運がいい」

なるほど。そういう考え方もあるかと機嫌を直し、おみくじを木の枝に結んで帰ってきた。どうも元気が出ないと思ったら、運の底にいるのか。

しかし、乾太郎の病気が治って一年が経つ。

後遺症《こういしょう》なのか、物忘れが出ているのが気にはなるが、元気で麻雀ができ、柴又帝釈天まで初詣《はつもうで》に出かけられるまで回復したと思えば、運の底は既《すで》に脱《だっ》している気もする。

これから運が上がるなんて、その場をごまかす出鱈目《でたらめ》じゃないのか。きっとそうだ。乾太郎は口がうまいから。ころりと転がされたんだわ、とさらに不機嫌がつのった。

機嫌が悪いのは体が痛いからだ。

冬で冷えるせいなのか、肩凝《かたこ》りがする。昨日の麻雀で芳武に負けたのも、痛みで気が散っていたからだと思えてくる。

二月に入り、寒さが厳しくなった。

そのせいか背中と肩が凝《こ》ってどうにもならない。健康のために毎日体操をするのを日課にしているが、両手を上げることもできなくなった。

「歳だからね、仕方ないよ」

六十八にもなれば、体にガタがくるのが当たり前。

大病を経験している乾太郎は呑気《のんき》なもので、「五十肩《ごじゅうかた》には温泉だよ」と言った。七十近くになって、どこが五十肩だと笑いつつ、それも一案かと、前から行こうと話していた奥湯河原《おくゆがわら》へ夫婦で泊《と》まりにいった。

せっかくだからお花見もしようと、四月の頭に二泊《はく》三日で出かけたが、湯上がりに受けたマッサージの刺激《しげき》が強かったらしく、さらに痛みが広がった。

どうもおかしい。この頃《ころ》から嘉子は思うようになった。

乾太郎には黙っていたが、腰や背中の痛みだけではなかった。ときおり強い吐き気《はけ》がして、長い時間、立っていることができなくなっている。

知り合いに勧《すす》められ、家から近い東大の医科学研究所に検査入院することになった。子どもの頃より丈夫《じょうぶ》で、この歳まで入院したことはない。検査も怖《こわ》いが、まずいと評判の病院食も心配だった。しかし、いざ口にしたら、それほど悪くない。

「噂ほどのことはないわよ」

見舞《みま》いに来た芳武に言ったが、途端に後悔《こうかい》した。

「だったら、差し入れはいらないね」

と安心した顔をするのだ。

「それは別腹。果物はつけてもいいと、先生もおっしゃっているもの」

食べるには食べられるが、おいしいとは言っていない。

「わかったよ。今度来るとき買ってくる」

芳武は言葉の通り、グレープフルーツを買ってきた。皮が固いから剝いてもらって、半分に切って砂糖をかけて食べた。


六月に医科学研究所を退院した。

検査ばかりでちっとも治療《ちりょう》してもらえず、いったい何の病気なのかと、疑心暗鬼《ぎしんあんき》になっている。嘉子は芳武に手紙を書いた。「ママはもう長くないかもしれない」

半分は本気で、半分は息子への甘えだ。

「何を言ってるんだよ、縁起《えんぎ》でもない」

と、笑い飛ばしてもらいたかった。

手紙を読んだ芳武はさっそく家に来た。

「そんなに肥った重病人はいないよ」

いつもの調子で笑い飛ばし、冷蔵庫からグレープフルーツを出した。芳武は生物学者。理屈《りくつ》でものを考えることになれているから、情にほだされたような慰めは言うまい。そう思う一方で、顔色を窺ってしまう。飄々《ひょうひょう》とした芳武のどこかに取《と》り繕《つくろ》う態《てい》はないかと。昔の裁判官の目で息子を観察する。

医科学研究所に見切りをつけ、六月に国立病院医療《いりょう》センターへ入院した。そこで癌《がん》細胞《さいぼう》が発見された。

嘉子は芳武を通じ、宣告を受けた。

「検査でわかったことは、全部伝えてちょうだい」

入院したときから、芳武にはそう頼《たの》んでいた。自分の体のことを、自分に知らせてもらえないのは辛抱ならない。芳武は学者だから、きっと理性的に振る舞うはずと期待していた。

子どもの頃から虫好きだった芳武は、寄生虫を研究する生物学者になった。医学博士でもある。医者ではなくとも、病気に関する知識はある。

母の嘉子と同じで、自分のことは自分で決める子だった。玉川小学校の授業を抜け出し、虫を捕《と》りに行っていたときから、しっかとした自我《じが》を持っていた。芳武は嘉子の希望通り、正直に病名を告げた。下手な嘘《うそ》をつかずにいてくれたのは頼もしい。が、顔つきは暗い。予後が思わしくないのだ。

「大丈夫よ。ママは闘うから」

まだ七十前なのだ、病に倒されるわけにいかない。

しかし、抗癌剤《こうがんざい》を使った治療は辛かった。

「何も食べたくないのよ」

せっかく見舞いに来てくれる人をつかまえては、同じことばかり言っている。

三女の麻都《まつ》は結婚して大庭《おおば》姓になった。

頻繁《ひんぱん》に顔を見せてくれるのはありがたいが、この子も芳武と同じで気が利かない。八月の暑い中、「これなら喉を通ると思ってと」と、ラーメンの丼《どんぶり》を鼻先に突《つ》きつけるのだ。

「湯気が立っているじゃない。こんなものを病人に食べさせるつもり?」

小さい椀《わん》に取り分けても、熱いものは熱い。フウフウと息を吹《ふ》きかけるのも、胸骨が痛くて辛いのだ。

「ママったら。この前はラーメンが食べたいと言っていたでしょう」

「そうだったかしら」

弱り顔の麻都を上目遣《うわめづか》いで見て、ふくれっ面《つら》をしてみせた。

本当は覚えている。前に麻都が来たときは、白いご飯が喉に詰まる感じがして食べられなかったのだ。それで麺《めん》が食べたいと言った。ラーメンがいい。強い塩気と旨味《うまみ》があれば、どうにか喉を通りそうな気がしたのだ。

でも、これは駄目《だめ》。

「何よ、これ。具が入っていないじゃないの。チャーシューはどうしたのよ。なるとも、メンマもなしの素《す》ラーメンを食べさせるつもり？　気が利かないわね。病人が少しでも元気になろうとしているってのに。まったく、あなたときたら」

「ごめんなさい」

泣きそうな顔で謝《あやま》られるのがまた、癪に障る。

「辛抱して少しは食べて。わたしがフウフウするから」

麻都はベッドの脇《わき》に丸椅子を寄せ、椀と箸を手にした。毛布を丸めて支えにし、嘉子の脇を抱えて上体を起こさせる。

「平気？　痛まない？」

「痛いわよ」

即答《そくとう》してから、早口に付け加える。

「でも少し楽になったわ」

麻都がほっとした顔をする。本当はちっとも楽になっていない。が、いたわられると気持ちの棘《とげ》が抜けて、痛みをしのぎやすくなる。

この子はおっとりと素直なたちで、昔から付き合いやすい。

十年近く前、麻都は夫婦で広島に住んでいた。乾太郎と一緒に四、五回会いに行ったときには、名物の桜鯛《さくらだい》をご馳走《ちそう》してもらった。

あれは春の、ちょうど桜が綺麗《きれい》な時期だったか。

麻都が自宅で手料理を振る舞うと言うから、何かと訊いたら桜鯛だという。尾頭付《おかしらつ》きで買って、半身はお刺身《さしみ》に、残りは塩焼きにするというから驚いた。いくら地元の名物といっても、桜鯛とくれば値《ね》が張る。

「まあ、いくらしたの。高かったでしょう」

慎《つつし》み深《ぶか》い麻都は言葉を濁《にご》していたが、しつこくつついたら「六千九百円」と白状するではないか。

「六千九百円！」

当時の金額であることを思えば、魚一匹《ぴき》の値段としては中々だ。

散財させちゃったわ、と申し訳なく思いながら、両夫婦でおいしくいただいた。

お刺身と塩焼きの他に、頭と骨を使った潮汁《うしおじる》もあった。あれも滋味深かった。市場で買ったという桜鯛はかなり大きかったようで、大人四人で食べても塩焼きが余ったから、麻都と相談して、マヨネーズで和《あ》えてサンドウィッチにして、翌日のお弁当にしたのだった。

こんな体になったせいか、近頃は昔食べたおいしいものをよく思い出す。

桜の時期とはいえ、よくお腹《なか》を壊《こわ》さなかったものだ。締《し》まり屋《や》なのか、ケチなのか、七千円近いお魚をポンと食べさせた割に、妙《みょう》なところで節約するのが可笑《おか》しい。

「なあに、ママ。思い出し笑い？」

初めて会ったときは十八だった麻都も、今や四十代。あまり家のことは構ってやれなかったが、いい人のもとへ嫁《とつ》がせてやれたのは幸いだ。

「次は御膳蕎麦《ごぜんそば》を持ってきてちょうだい。上等なものよ」

文句をつけたものの、麻都のラーメンはくたくたと柔《やわ》らかく煮《に》てあり、食べやすかった。汁《しる》も少しだけ飲んだから、お腹がぽっと温かい。でも三十分後には戻してしまった。こんな状態でチャーシューなんて食べたら大変だった。麻都が素ラーメンにしたのは正しい。そう、あの子はいつだってちゃんとしている。

点滴《てんてき》で体が楽になった後、嘉子は病室を出ていくときの、悲しげな麻都の顔を思い出し、胸を痛めた。せっかく時間を作ってお見舞いに来てくれたのに、我が儘を言って申し訳なかった。今度来たときには謝らないと。

しかし実際には、麻都が持ってきた御膳蕎麦を見て、嘉子は眉《まゆ》をしかめるのだった。

「ああ、これはニセモノよ。麻布十番《あざぶじゅうばん》のお店？ 馬鹿ね、わたしが言ったのはこのお店じゃないわ。ほら、あそこよ。細い路地を入った奥に、本物の御膳蕎麦を出すお店があるのよ。楽しみにしていたのに……」

「ごめんなさい」

「そんな顔で謝られると、まるでわたしがいじめているみたいだわ」

わかっている。

麻都は悪くない。悪いのは自分。体が痛くて辛くて、家族の顔を見ると八つ当たりせずにいられないのだ。

年明けまでは普通に暮らしていたはずが、坂を転げ落ちるみたいに悪くなった。この頃は、寝ても起きても痛い。ベッドから身を起こすのも、介添《かいぞ》えしてもらってやっと、という有り様だ。

そんな状態だから、化粧《けしょう》どころではなく、満足に頭も洗えない。お見舞いに来たいと言ってくださる方が大勢いるのはありがたいが、とてもこんな顔では人に会えない。薬で痛みが取れているときを縫《ぬ》って、方々へ電話して、日本婦人法律家協会や東京少年友の会の会議に欠席する不義理を詫《わ》びた。

九月に一時退院となり、やっと家に帰ったと思えば、入《い》れ替《か》わりで乾太郎が入院。夫婦で過ごせたのは、たった一日きり。

これが歳を取るということだろうか。

乾太郎も病気がちで、人のことは言えないが、めっきり老《ふ》けてしまった。

「じゃあ、行ってくる」

昔はいきいきしていた目が白く濁り、首も前に出ている。颯爽《さっそう》としていた体つきが痩《や》せ、背も縮んだみたいだ。

嘉子は入院している間に杖《つえ》を二本作り、病院の庭で歩く練習をした。退院したら、東京都の人事委員会へ出席する予定がある。でも結局、いざ外出となると、怖くて使えず、病院から車椅子《くるまいす》を貸してもらった。

委員会のメンバーは一様に驚いた顔をしていた。まさか嘉子が車椅子で登場するとは思っていなかったのだろう。

「ご無理をなさらずとも良かったのに」

そう言われたが、どうしても出たかったのだ。体がまだ言うことを利くうちに、会える人みんなと会っておきたい。

十月、乾太郎が大事にしている月下美人が咲《さ》いた。

家政婦に手伝ってもらって風呂に入り、疲れてぐったりしていたら、ふとベランダの白い光に気づいた。

楕円《だえん》に膨《ふく》らんだ蕾《つぼみ》が上向いてきたから、そろそろだとは思っていた。

小さな花芽がついたのは退院してすぐのとき。うまくいけば、ひと月で咲くと芳武に聞き、楽しみに待っていた。

誘われるように窓を開けたら、夜のはじめの空のもと、月下美人は静かに花を広げていた。

秋の乾《かわ》いた空気が頬を撫《な》で、甘い香りが鼻先をくすぐる。

幾重《いくえ》にも重なる豪華《ごうか》な花びらを、どうやってあの蕾の中にしまい込《こ》んでいたのか不思議だ。花はいい。季節を感じられて、いつまでも見ていられる。

独り占めするのがもったいなくて、芳武に電話した。

「すごいでしょう」

大学から駆《か》けつけた芳武に自慢し、二人で並んで白い花を眺めた。

「カメラを持ってくれば良かった」

芳武は残念がったが、写真に撮っても、この幸せな気分までは映るまい。

「もうすぐママの誕生日だね」

「ひと月も先じゃない」

「あっという間だよ。みんなでお祝いしようよ」

「親孝行なことを言ってくれるわね」

「何が食べたい？　ママの好きなものにしよう」

「そうねえ。イタリア料理かしら」

今日も茶碗蒸《ちゃわんむ》しはつるりと喉を通った。

こってりとしたものは駄目でも、コンソメゼリーなら食べられるだろう。

「いいね。いつものアルポルトに予約を入れるよ」

さりげなく誘っているが、言葉の裏に芳武の願いがこもっているのがわかる。麻布十番のアルポルトは嘉子の大好きなレストランだ。どうか誕生日まで元気でいてほしいと、胸のうちの言葉があふれ出ている。

芳武は四十歳。一人前の大人になっても、まだ母親が恋《こい》しいのだ。長生きしてくれと、その目が語っている。

できれば叶えてやりたい。そうは思うが、さていつまで頑張れるものか。今日は痛みが落ち着いているが、日によって耐えがたい日も出てきた。

芳武の願いが叶い、無事に誕生日を迎えられた。

十一月十三日、嘉子は満六十九歳になった。その後もしばらく調子のいい日が続き、同月には先月に引き続き、東京都の人事委員会に出席した。

「おめでとう」

十二月には乾太郎が喜寿《きじゅ》を迎えた。このときは楓林《ふうりん》でお祝いした。

「来年は君の番だな」

「わたしは古希ですけど」

「どっちにしろ、めでたいじゃないか」

本当に。

そう返したいところだったが、強がりを言う元気がなかった。最近は何を食べてもおいしくない。抗癌剤のせいか、病気のせいか。いずれにせよ、もう舌まで言うことを聞かなくなってきた。その月の中旬《ちゅうじゅん》、嘉子は国立病院医療センターに再入院した。

年末まではあっという間だった。

一日は長いのに、もう年の暮れだという。

できればお正月には外泊《がいはく》して、自宅で過ごしたかったが、医者の許可が下りずに断念した。大晦日《おおみそか》、病室のベッドで手帳を開き、嘉子は痛みに苦しめられた一年を振《ふ》り返《かえ》った。

今日は見舞いの人が多く来たからか、疲れて背中がひどく痛んだ。座薬を使い、ようやく少しやわらいだが、体の奥では痛みが脈を打っている。

手鏡を覗くと、真っ白な仮面をかぶった顔が見返す。見舞いの人が来るからと、久《ひさ》し振《ぶ》りに化粧をしたのだが、すっかり加減を忘れている。

「嫌だわ、こんな顔で人に会ったなんて」

京劇の役者でもあるまいし、これでは塗《ぬ》り過ぎだ。手鏡を伏《ふ》せ、ため息をつく。そのままふて寝《ね》してしまいたいのに、朝が来るのが怖くて目が冴《さ》えている。

負けたくない。もっと生きて、仕事がしたい。こんな体になっても、まだ自分には明日が来ると信じている。

寝て起きれば新年。

今年は痛みとの闘いの一年だった。大晦日まで苦しめられたが、こうしてしぶとく生きているからには、まだ勝ち目はある。弱い気持ちは除夜《じょや》の鐘《かね》に払《はら》ってもらい、来たる年を強い心で迎えなくては。嘉子は己に言い聞かせつつ、新しい年が訪《おとず》れるのを待った。


年が明けてからは、寝ているのか起きているのか曖昧になった。

もうベッドから下りることは叶わず、春が来て、桜が咲いたことも知らなかった。体中が痛み、発熱して、寝ていても倦怠《けんたい》感で身の置きどころがない。嘉子はベッドの上でのたうち回った。

いったい今がいつなのか。暦《こよみ》どころか、朝も昼もわからなくなってきた頃、ぷつんと糸が切れたように深い眠《ねむ》りについた。昭和五十九（一九八四）年五月二十八日のことだった。

透《す》きとおった日射しが降りそそぐ中、嘉子は歌っている。

「ここは御国《おくに》を何百里――」

照り返しでまぶしい道を歩いている。

ひどく体が重かったはずなのに、手も足も楽に動く。歩調を早めても息切れせず、深呼吸しても胸が痛まない。胸だけでなく、背中も肩も。あんなにしつこかった痛みが嘘のように消えている。

それが嬉しくて、嘉子は思う存分声を張り上げた。

「離《はな》れて遠き満州の」

「赤い夕日に照らされて――」

おや。芳武が唱和している。どこにいるのだろう。

きょろきょろ辺りを見回したが姿は見えない。でも芳武だ。どこにいるのだろうと、額のところに手庇《てびさし》をかざすと、少し離れたところに人が立っているのに気づいた。

中肉中背の男の人だ。こちらに顔を向け、笑っている。目が合うと、口許《くちもと》がほころび、懐かしい八重歯が覗く。芳夫《よしお》だった。こちらへ手を振っている。

帰ってきたのか、いや迎えにきたのだ。芳夫の登場で、嘉子は己の身に何が起きたか悟った。

まだ早いわよ。もう少し頑張るつもりでいたのに。でも、ここが行き止まり。奇跡は起こらなかった。そんなものかと、がっかりする気持ちもあったが、芳夫の顔を見ているうちに未練が薄《うす》らいでいった。

振り返る。これまで歩いてきた道が光っている。戻れないと思うから、そんなふうに見えるのかもしれない。長いようで短かった人生が今、終わる。嘉子は最後の一歩を踏み出した。

「友は野末《のずえ》の石の下――」

芳武の歌はまだ続いている。

了

主な参考文献

書籍

『追想のひと三淵嘉子』三淵嘉子さん追想文集刊行会
『女性法曹のあけぼの　華やぐ女たち』早稲田経営出版
『家庭裁判所物語』日本評論社
『女性法律家　拡大する新時代の活動分野』有斐閣選書

雑誌

三淵嘉子「共かせぎの人生設計」（『婦人と年少者』一九五九年九月号）
三淵嘉子「くらしの中の法律講座　少年法と非行少年」（『月刊婦人展望』一九六四年十二月号）
「《座談会》家事事件と少年事件の有機的運用」（『ケース研究』一九六七年第二号）
三淵嘉子「〈本の紹介〉『非行少年の心理と教育』平尾靖著」一九七一年第五号）
「《座談会》少年法改正問題の現状」（『ケース研究』一九七二年第三号）
「こんにちわ！　史上初の女性裁判長　三淵嘉子さん」（『月刊婦人展望』一九七二年七月号）
三淵嘉子「無垢の心」（『青少年問題』一九七二年十一月号）

「家庭裁判所25年のあゆみ∶裾分一立・三淵嘉子（『司法の窓』一九七三年十月一日号）
三淵嘉子「〈巻頭言〉家事と少年の壁」（『ケース研究』一九七三年第五号）
「《座談会》少年法改正問題について」（『ケース研究』一九七四年第五号）
「婦人の職業進出を考える（2）第一線で活躍する婦人に聞く裁判官三淵嘉子」
（『月刊婦人展望』一九七五年七月号）
三淵嘉子「私のたわごと」（『ケース研究』一九七五年第四号）
「《座談会》少年法改正の審議経過――植松部会長試案をめぐって」
（『ケース研究』一九七五年第五号）
「《座談会》法制審議会少年法部会の中間報告をめぐって――少年法改正の動向について」
（『ケース研究』一九七七年第一号）
「《座談会》新民法施行30年　定着とその現実」（『法の支配』一九七八年九月号）
三淵嘉子「〈巻頭言〉次の世代の少年審判」（『ケース研究』一九七八年第五号）
三淵嘉子「民法改正余話（講演要約）」（『ケース研究』一九八一年第三号）
三淵嘉子「〈巻頭言〉女性の職業意識」（『婦人と年少者』一九八一年秋号）
三淵嘉子「巻頭言」（『女性教養』一九八三年二月号）
渡辺道子「三淵嘉子さんを偲んで」（『月刊婦人展望』一九八四年九月号）

本書は書き下ろしです。

本書は多くの資料・文献等に基づいて執筆されましたが、あくまでもフィクションです。

伊多波 碧（いたば・みどり）
新潟県生まれ。信州大学卒業。2001年、作家デビュー。05年、文庫書き下ろし小説『紫陽花寺』を刊行。23年、「名残の飯」シリーズで第12回日本歴史時代作家協会賞シリーズ賞を受賞。著書に『恋は曲者 もののけ若様探索帖』『うそうそどき』『リスタート！』『父のおともで文楽へ』など多数。

裁判官 三淵嘉子《みぶちよしこ》の生涯

潮文庫 い－13

2024年 3月20日 初版発行
2024年 7月 7 日 7刷発行

著　　者 伊多波 碧
発 行 者 前田直彦
発 行 所 株式会社潮出版社
〒102-8110
東京都千代田区一番町6 一番町SQUARE
電　　話 03-3230-0781（編集）
03-3230-0741（営業）
振替口座 00150-5-61090
印刷・製本 株式会社暁印刷
デザイン 多田和博

ISBN978-4-267-02415-3 C0193

JASRAC 出 2400506-407